유시민의
논술 특강

유시민의 논술 특강

초판 1쇄 발행 2015년 6월 12일
초판 7쇄 발행 2019년 2월 22일

지은이 유시민

펴낸이 이상순
주간 서인찬
편집장 박윤주
제작이사 이상광
기획편집 김현정, 박월, 이주미, 이세원
디자인 유영준, 이민정
마케팅 홍보 이병구, 신희용, 김경민
경영지원 고은정

펴낸곳 (주)도서출판 아름다운사람들
주소 (10881) 경기도 파주시 회동길 103
대표전화 (031) 8074-0082 **팩스** (031) 955-1083
이메일 books777@naver.com
홈페이지 www.books114.net

생각의길은 (주)도서출판 아름다운사람들의 인문 브랜드입니다.

ISBN 978-89-6513-356-8 04800
ISBN 978-89-6513-351-3 04800 (세트)

유시민의 논술특강

차례

3. 답안을 설계하는 방법

4. 답안의 문장을 쓰는 방법

5. 스스로 글을 고치는 방법

들어가며

논술 시험 표준 훈련법

이 책은《유시민의 글쓰기 특강》의 별책 부록이다. 논술 시험을 준비하는 독자를 위해, 본편 8장에 요약 서술했던 '시험 글쓰기' 훈련법을 상세하게 이야기한다. 글 잘 쓰는 사람이 되는 방법과 논리 글쓰기의 일반론을 다룬 본편과 달리, 여기서는 논술 시험이란 특별한 과제에 대처하는 효과적인 방법을 탐색한다.

글쓰기에는 왕도가 없다. 지름길이나 샛길도 없다. 많이 읽고 깊이 생각하고 하루 한 문장이라도 꾸준히 쓰는 것이 글쓰기를 익히는 가장 좋은 방법이다. 하지만 논술 시험은 예외다. 논술 시험은 여러 면에서 보통의 글쓰기와 다르다. 무엇보다 글 쓰는 환경이 특별하다. 시간, 장소, 정보가 모두 엄격하게 제한된다. 마음 가는 대로 쓰는 게 아니라 출제자가 요구하는 것을 써야 한다. 좋은 평가, 높은 점수, 합격 판정을 받는 것이 목적이다. 결과가 좋아야 의미가 있다.

물론 시험 글쓰기도 글쓰기라는 것은 분명하다. 평소 책을 많이 읽고 깊이 생각하고 꾸준히 글을 쓴다면, 아무 준비 없이 논술 시험을 봐도 괜찮은 성적을 얻을 수 있을 것이다. 하지만 그런 사람은 흔하지 않다. 사람들은 꼭 써야만 하는 상황이 아니면 글을 쓰지 않는 경향이 있다. 논술 시험이 임박하면 그제야 평소 글쓰기를 게을리한 걸 후회하면서 논술 참고서를 읽거나 논술 학원으로 달려간다. 그런 평범한 사람들을 위해 이 책을 썼다.

논술 시험이라고 해서 다 똑같지는 않다. 대학의 입학시험, 기업의 입사 시험, 국가 기관의 자격시험, 로스쿨을 비롯한 전문 교육 기관의 선발 시험 등 논술 시험의 유형과 난이도는 매우 다양하다. 시행 기관의 특성과 시험의 목적에 따라 채점하는 기준도 적지 않게 차이가 난다. 그래서 만병통치약처럼 모든 시험 글쓰기에 통하는 표준 훈련법을 만들기가 어렵다.

그런 사실을 잘 알면서도 여기서는 2012학년도 서울대학교 인문계열 논술 문제(정시 모집 일반 전형)를 사례로 활용해 표준 훈련법을 제시한다. 하필 이 문제를 고른 데는 두 가지 이유가 있다. 첫째, 대학입시 논술은 시험 글쓰기의 표준형이다. 둘째, 서울대학교의 2012학년도 시험 문제는 인문 계열 논술의 표준형이다. 표준 훈련법을 익히려면 시험 문제도 표준에 가까운 것을 골라야 한다.

독자들과 함께 살펴볼 이 '기출문제'는 문항이 셋이며, 문항마다 논제가 둘 또는 셋 딸려 있다. 논술 시험 문제를 세 개 풀어 보는 셈이다. 논술 시험을 준비해 본 독자라면 의아해할지 모르겠다. 시중의 논술 시험 교재에는 수십 개의 기출문제나 예상문제가 들어 있다. 문제마다 논제 해설과 배경지식 설명, 답안 작성의 기초가 될 줄거리가 나온다. *단 세 문제를 가지고 표준 훈련법을 소개하는 책이 논술 시험을 준비하는 데 도움이 되나?* 그런 의심이 들 것이다.

괜한 의심을 하지 않도록 이 책의 성격과 한계를 미리 밝힌다. 이미 말했듯이 이 책은 특정한 논술 시험 문제의 '정답'을 알려 주지 않는다. 단지 시험 글쓰기 표준 훈련법을 안내할 뿐이다. 예시 답안을 보이는 것도 그 자체가 목적이 아니라 훈련법을 안내하기 위한 수단에 지나지 않는다. 어떤 유형의 논술 시험이든 이 표준 훈련법을 응용해서 대처할 수 있다. 그러나 '이과 계열' 수리 논술 시험에는 소용이 없다. 수리 논술 시험은 이름만 논술일 뿐, 실제로는 수준 높은 수학 문제를 푸는 것이다. 이 책은 수학과 아무 상관이 없다.

한 가지 더. 이 책을 읽는다고 해서 무조건 논술 시험을 잘 볼 수 있는 것은 아니다. 글쓰기를 하려면 정신의 근육이 있어야 한다. 몸이든 정신이든 근육을 만드는 방법은 같다. 몸을 쓰고 정신을 쓰는 것이다. 보디빌딩 책으로 이두박근을 만들지는 못하며, 글쓰기 책으로 독해력과 문장력을 키우지는 못한다. 글쓰기 근육을 만들고 싶다면 실제로 글을 많이 써 보아야 한다.

이 책에서 소개하는 논술 시험 표준 훈련법으로는 글쓰기에 필요한 근육을 전체적으로 골고루 키울 수 없다. 논술 시험을 보는 데 꼭 필요한 근육을 단기간에 강화하는 효과가 있을 뿐이다. 논술 시험과 상관없이 직장 업무나 일상생활에 필요한 글을 잘 쓰고 싶다면 무엇을 해야 하는지 다들 알 것이다. 좋은 책을 많이 읽고 깊이 생각하면서 하루 한 문장이라도 꾸준히 써야 한다.

다시 한 번 말하자. 이 책은《유시민의 글쓰기 특강》8장을 상세하게 해설한 논술 자습서다. 본편에서 말하지 않은 내용은 별로 없다. 논술 시험 기출문제를 소재로 삼아 어떤 방식으로 시험 글쓰기를 훈련해야 하는지 구체적으로 설명했을 뿐이다. 알고 보면 사소하거나 다 알고 있는 내용이라고 생각할 수도 있다. 그런데 논술 시험에서는 종종 티끌처럼 작은 것이 큰 의미를 가진다. 사소한 차이가 성공과 실패를 가른다.

독자 여러분의 건투를 빌며

2015년 5월
자유인의 서재에서
유시민

1

논술 시험에 임하는 자세

무슨 일이든 마음의 자세가 중요하다. 논술 시험도 그렇다.

논술 시험 수험생에게 꼭 필요한 마음의 자세가 있다.

첫째는 겁을 내지 않는 것이다. 논술 시험은 정답이 없다.

논술문은 말이 되게 쓰기만 하면 된다.

둘째는 출제자의 뜻을 존중하는 자세다.

논술 시험에서는 내가 쓰고 싶은 것이 아니라 출제자가 기대하는 것을 써야 한다.

먼저 말의 뜻부터 분명하게 하자. '시험 글쓰기'란 무엇인가? 대학의 신입생 선발 시험, 기업의 사원 입사 시험, 국가 기관의 자격시험, 로스쿨을 비롯한 전문 교육 기관의 선발 시험 등 일정한 장소에서 일정한 시간 동안 주어진 문제를 가지고 논술문을 쓰는 것이다. 대학생이 수시로 써야 하는 리포트, 매 학기 치르는 중간고사와 기말고사도 넓게 보면 모두 시험 글쓰기에 들어간다. '수험생'은 누구인가? 어떤 관문을 통과하거나 자격을 얻을 목적으로 논술 시험을 치르는 사람이다. 대학의 중간고사나 기말고사를 시험 글쓰기에 넣는다면 우리나라의 수험생 수는 몇백만 명이나 될 것이다.

시험 글쓰기는 여러 면에서 특별하다. 경쟁을 해서 당락이나 성패를 가려야 하기 때문에 즐거운 마음으로 글을 쓰기 어렵다. 그냥 재미로 하는 경쟁이 아니라 결과에 따라 인생행로가 달라질 수 있기 때문에 마음에 큰 부담을 느낀다. 게다가 보통의 글쓰기와는 달리 방법, 환경, 시간, 정보 등 모든 요소가 극도로 제한된다.

무엇보다 중요한 것은 시간제한이다. 시험 시간은 짧으면 60분, 길어야 다섯 시간 정도가 고작이다. 한 주일 내내 생각해도 되는 신문 칼럼이나, 몇 년에 걸쳐 쓰는 학위 논문과는 완전히 다르다. 정보와 자료도 극단적으로 제한된다. 제시문과 논제가 제공하는 정보와 머리에 든 지식 말고는 다른 자료를 활용할 수 없다. 컴퓨터나 스마트폰으로 정보를 검색하는 행위는 일절 허용되지 않는다. 따라서 새로운 정보를 찾는 능력보다는 주어진 정보를 이해하고 해석하고 활용하는 능력이 더 중요하다.

게다가 손으로 글을 써야 한다. 손으로 쓰는 것은 컴퓨터로 쓰는 것과 많이 다르다. 컴퓨터로 쓰면 속도가 빠를 뿐만 아니라 손쉽게 수정할 수 있다. 문장을 고치거나 앞뒤 문장의 순서를 바꾸는 데 아무 어려움이 없다. 하지만 원고지에 손으로 쓸 때는 그게 그렇게 간단하지 않다. 굳이 수정하려면 할 수는 있지만 적지 않은 시간 손실을 각오해야 한다. 답안지가 지저분해져서 채점자가 글씨를 알아보지 못할 위험도 생긴다.

논술 시험은 자주 보지 않는다. 대학에서 보는 중간고사와 기말고사를 제외한다면 대개는 평생 한두 번 정도가 고작이다. 나도 딱 두 번 해 보았다. 1978년 대입 본고사 국어 시험의 작문 과제 쓰기, 그리고 1996년 독일 마인츠대학교에서 본 경제학 디플롬(Diplom, 석사) 학위 취득 필기시험이었다. 앞으로는 그런 시험을 볼 일이 없을 것이다.

여기서 제안하는 시험 글쓰기 훈련법은 독일 유학생 시절의 체험을 바탕으로 만들었다. 2008년 가을, 딸아이 대입 논술 시험 준비를 도우면서 느꼈던 것과 2014년 전국 일곱 곳에서 했던 청소년 논술 특강 경험도 반영했다. 일반적인 글쓰기 훈련법에 정답이 없는 것과 마찬가지로 시험 글쓰기 훈련법에도 정답이 없다. 하지만 이 책에서 제안하는 훈련법이 오늘날 학교와 학원에서 널리 쓰는 논술 시험 훈련법보다는 훨씬 더 효과적이라 믿는다.

'다이제스트' 읽기로 불안감을 이기자

무슨 일이든 마음의 자세가 중요하다. 논술 시험도 그렇다. 논술 시험 수험생에게 꼭 필요한 마음의 자세가 있다. 첫째는 겁을 내지 않는 것이다. 글쓰기에 확고한 자신감을 가진 수험생은 많지 않을 것이다. 자신감이 없으면 논술문을 제대로 쓰기 어렵다. 논술 시험은 정답이 없다. 논술문은 틀린 것과 맞는 것이 있는 게 아니다. 말이 되는 글과 말이 되지 않는 글이 있을 뿐이다. 논술문은 말이 되게 쓰기만 하면 된다. 그 정도는 할 수 있다고 스스로 믿어야 한다. 자기 자신을 믿지 못해서 불안과 두려움에 사로잡히면 실력이 있어도 제대로 발휘하지 못한다.

둘째는 출제자의 뜻을 존중하는 자세다. 논술 시험에서는 내가 쓰고 싶은 것이 아니라 출제자가 기대하는 것을 써야 한다. 그러지 않으면 글을 아무리 멋지게 써도 좋은 결과를 얻지 못한다. 평소에 글을 잘 쓴다고 해서 다 그렇게 쓸 수 있는 것은 아니다. 책을 많이 읽고 글을 많이 쓴 사람이라도 제대로 논술 시험을 보려면 그에 맞게 준비해야 한다. 책을 많이 읽지도, 글을 많이 써 보지도 않은 사람이라면 훨씬 더 집중해서 훈련해야 한다.

시험 때까지 남은 시일이 별로 길지 않다면 본편에서 말한 일반적 글쓰기 훈련법을 쓰기 어렵다. 그런 방법으로는 '초단기' 효과를 볼 수 없기 때문이다. 여기서 '초단기'는 글 쓰는 능력을 좌우하는 요소 가운데 어느 것도 큰 폭으로 개선할 수 없을 만큼 짧은 시간을 말한다. 글을 잘 쓰려면 여러 가지를 갖추어야 한다. 아는 게 많고 풍부한 어휘를 구사해야 한다. 텍스트를 빠르고 정확하게 독해해야 하며 논리적 사고력과 문장 구사력을 지녀야 한다. 이 가운데 어느 하나라도 크게 개선해야 글 쓰는 능력을 눈에 띄게 향상시킬 수 있다. 그렇게 하려면 아무리 짧아도 여섯 달 정도는 필요하다. 여섯 달 안에 논술 시험을 보아야 하는 수험생이라면 일반적인 글쓰기 훈련법 대신 '초단기' 효과를 낼 수 있는 특별한 훈련법을 찾아야 한다.

본편에서 글쓰기에 도움이 되는 교양서 목록을 소개한 바 있다. 그런데 시험이 임박해 있다면 그런 전략적 도서 목록도 쓸모가 없다. 좋은 교양서를 여러 권 읽거나 문장이 훌륭한 교양서 한 권을 여러 번 읽을 시간이 없기 때문이다. 수첩을 가지고 다니면서 자투리 시간에 글을 쓰는 것도 이미 늦었다. 할 수 있는 것은 두 가지, '다이제스트(digest, 요약본)' 읽기와 실전 연습뿐이다. 실전 연습은 실제 시험과 같은 환경에서 제시문과 논제를 독해하고 답안을 쓰는 훈련이다. 실전 연습을 해도 글 쓰는 능력을 크게 개선하지는 못한다. 그러나 논술 시험 성적을 올릴 수는 있다.

평소 글쓰기 실력이 100점 만점에 가까운 학생이라도 실전 훈련을 전혀 하지 않고 시험을 치면 큰 낭패를 볼 수 있다. 반면 글 쓰는 능력이 현저히 떨어지는 학생이라도 준비를 제대로 하면 어느 정도 좋은 점수를 얻을 수 있다. 논술 시험은 지적 능력과 글쓰기 실력을 측정하는 도구이지만 100퍼센트 완벽하지는 않다. 실제로는 글쓰기 실력이 신통치 않은 수험생인데도 뛰어난 논리 글쓰기 능력을 가진 것처럼 보이게 글을 쓸 수 있다. 수험생이 채점자를 현혹할 수 있다는 말이다.

만약 그렇게 한다면 그 수험생은 도덕적으로 옳지 않은 일을 한 것인가? 그렇게 말할 수는 없다. 우리는 삶의 모든 영역에서 타인의 호감을 얻으려고 노력한다. 타인의 생각을 읽고 시험의 기준을 존중함으로써 호감을 사는 것은 부도덕하거나 불법적인 행위가 아니라 정당한 노력이며 바람직한 삶의 방식이다. 논술 시험에 대비하는 글쓰기 훈련법은 바로 이 생각에서 출발한다. 출제자가 무슨 생각을 하면서 어떤 요구를 하는지 최대한 정확하게 파악하고 그에 맞추어 글 쓰는 요령을 익히는 것이다.

복잡한 것은 없다. 앞서 말한 것처럼, 첫째는 '다이제스트' 읽기고 둘째는 논술문 쓰기 실전 연습이다. 여기서 실전 연습은 답안을 검토해서 결함을 개선하는 자기 주도형 첨삭 훈련을 포함한다. 먼저 '다이제스트' 읽기부터 간단하게 이야기하자. '다이제스트'는 많은 지식과 정보를 요약하고 압축해서 제공하는 책을 말한다. 저자가 그 책이 '다이제스트'임을 밝혔든 밝히지 않았든 상관없다. 깊이가 부족해도 정보의 양이 많은 책은 '다이제스트'라고 할 수 있다. '다이제스트'는 폭이 넓고 수심이 얕은 강과 비슷하다. 그런 강은 수영을 못하는 사람도 걸어서 쉽게 건널 수 있다. '다이제스트' 읽기를 권하는 것은, 그렇게라도 강을 건너 본 사람이 그렇지 않은 사람보다 강물에 대해 두려움을 덜 느끼기 때문이다.

평소 책을 많이 읽은 사람이라면 굳이 '다이제스트'를 읽지 않아도 된다. 깊은 강을 헤엄쳐 건너 본 사람은 강물을 두려워하지 않는다. 그러나 독서량이 적어서 어휘가 부족하다고 느끼는 수험생이라면 '다이제스트'를 몇 권이라도 읽는 게 좋다. 어휘력을 크게 늘리거나 문장력을 개선하거나 논리적 사고력을 기르는 데는 큰 효과가 없다. 그렇지만 논술 시험에 흔히 등장하는 논제, 제시문에 자주 나오는 개념과 낯을 익히는 데는 도움이 된다.

개념을 많이 안다고 해서 반드시 글을 잘 쓸 수 있는 건 아니다. 하지만 개념을 알지 못하면 논술문을 제대로 쓰기 어렵다. 사람은 잘 모르는 대상을 두려워하는 본능이 있다. 제시문과 논제에 모르는 어휘와 개념이 많으면 수험생은 당황하기 마련이다. 무슨 말인지 모르겠다는 느낌이 들면 시험을 망칠 것 같다는 두려움에 사로잡히게 된다. 그러면 평소 알던 것도 자신이 없어진다. 반면 한 번이라도 본 기억이 있는 어휘와 개념이 나오면 마음이 좀 편해진다. 비록 뜻을 정확하게 알지 못하더라도 낯설지 않은 텍스트를 보면 두려움을 덜 느낀다. '다이제스트' 읽기는 그런 정도의 효과를 낼 뿐이다. 하지만 시험장에 들어가는 수험생한테는 작은 것도 큰 의미가 있다.

다음은 본편 8장에서 소개한 '다이제스트' 도서 목록이다. 본편을 읽지 않고 이 책만 읽는 독자를 위해 다시 한 번 소개한다. 무언가 암기해야 한다는 강박 관념은 가질 필요가 없다. 편한 마음으로 여유가 닿는 만큼 가볍게 읽으면 된다. 제목만 보아도 내용을 짐작할 수 있는 만큼 책 설명은 생략한다.

- **가마타 히로키, 《세계를 움직인 과학의 고전들》, 부키**
- **강신주, 《철학이 필요한 시간》, 사계절**
- **강유원, 《역사 고전 강의》, 라티오**
- **강정인 외, 《고전의 향연》, 한겨레출판**
- **다케우치 미노루 외, 《절대지식 중국고전》, 이다미디어**
- **사사시 다케시 외, 《절대지식 세계고전》, 이다미디어**
- **유시민, 《국가란 무엇인가》, 돌베개**
- **함영대, 《논리적 글쓰기를 위한 인문 고전 100》, 팬덤북스**

대입 논술 시험 문제를 선택한 이유

'다이제스트' 읽기는 시험 글쓰기에 약간 도움이 될 뿐이지만, 기출문제 또는 예상문제를 가지고 하는 글쓰기 실전 연습은 논술 시험의 성패를 좌우한다. 실전 연습은 단순히 글을 써 보는 것이 아니다. 자신이 쓴 답안을 비판적으로 평가하고 스스로 수정, 보완, 개선하는 작업까지 반드시 해야 한다.

실전 연습을 혼자 하기는 어렵다. 누군가의 도움을 받거나 다른 사람과 협력해야 한다. 학교 선생님이나 논술 전문 선생님, 부모님의 지도를 받을 수도 있지만 꼭 그래야 하는 건 아니다. 같은 시험을 준비하는 동료 수험생들과 스터디그룹을 만들어 함께 훈련해도 좋다. 남에게 받는 '일대일 첨삭'보다는 스터디그룹 동료들과 토론하면서 자기 손으로 답안을 고쳐 보는 자기 주도형 첨삭이 훨씬 더 효과가 크다. 적어도 내 경험으로는 그렇다. 스터디그룹 이야기는 뒤에서 자세히 하기로 한다.

실전 연습을 할 때는 실제 시험장과 비슷한 환경에서 시간을 엄격하게 지키며 답안을 작성해야 한다. 훈련을 실전처럼 해야만 실전에서 훈련한 대로 할 수 있다. 논술 시험은 훈련을 실전처럼 하지 않아도 실패하고 실전을 훈련처럼 하지 않아도 실패한다. 35년 전 군 복무를 할 때 늘 외치던 구호가 있다. '훈련의 땀 한 방울은 실전의 피 한 방울!' 훈련을 실전처럼 진지하고 실감 나게 하라는 것이다. 이 구호는 시험 글쓰기에도 적용할 수 있다. 장난처럼, 그냥 한번 해 본다는 식으로 훈련하면 실전에서 효과가 없다.

2008년 가을이었다. 대학 입시를 치르는 딸을 도와주려고 난생 처음 서울대학교 입시 논술 문제를 들여다보았다. 글쓰기가 직업인 아버지로서 그저 구경만 할 수는 없었기 때문이다. 2014년에는 청소년 논술 특강을 준비하느라 다른 대학들의 입시 논술 문제도 살펴보았다. 무척 놀랐고 화도 좀 났다. 대학 당국과 교수들이 이제 막 고등학교를 졸업하는 수험생한테 지나친 요구를 한다고 느꼈기 때문이다. 서울대학교만 그런 게 아니었다. 웬만한 대학의 입시 논술 문제가 다 그랬다. 지나치게 난해한 제시문이 많았다. 논제의 문장이 어색하고 부자연스러워서 무엇을 쓰라고 요구하는지 알아보기 힘든 경우도 적지 않았다. 그러나 어쩌겠는가? 그게 대한민국의 현실인 것을. 수험생은 그런 경우까지 대비해야만 한다.

실전 연습을 어떤 방식으로 해야 하는지 구체적으로 말하려면 기출문제나 연습문제가 필요하다. 여기서는 2012학년도 서울대학교 인문 계열 논술 문제를 선택했다. 이 문제는 서울대학교가 홈페이지에 공식 게재한 입시 논술 문제 가운데 가장 최근 것으로, 인문 계열 논술 시험이 어떻게 생겼는지 잘 보여 준다. 제시문은 소설, 지도, 그래프, 수식, 연보 등 다양한 형태로 정보를 제공한다. 어떤 논제는 수험생이 제시문의 정보를 제대로 파악하고 이해하는지 간단하게 시험한다. 어떤 논제는 텍스트를 발췌 요약하거나 상황을 비교 분석하라고 요구한다. 수험생에게 상상력과 추론 능력, 주관적 가치 판단을 요청하는 논제도 있다. 모두가 인문 계열 논술 시험에서 흔히 나오는 유형이다.

예전에 서울대학교 입학 본부는 논술 시험이 끝난 후 시험 문제를 정식으로 공개했다. 문제마다 출제 의도를 밝혔고 수험생의 답안지를 예시했으며 출제와 채점을 지휘한 교수의 총평도 올렸다. 그런데 2011학년도부터는 아무 이유도 밝히지 않은 채 수험생 예시 답안과 채점 총평 게재를 중단했다. 2013학년도부터는 논술 시험을 아예 폐지하고 구술 면접만 남겨 두었다. 최근에는 다른 대학들도 입시 전형에서 논술 시험을 폐지하거나 비중을 줄이고 있다.

그런데 논술 시험을 대체한 구술 면접의 방식과 내용이 흥미롭다. 서울대학교가 밝힌 2016학년도 신입생 입학 전형을 보면 수험생들은 지원 학과에 따라 수학, 인문학, 사회 과학 관련 제시문을 받는다. 그리고 30분 정도 대기한 후 15분 동안 구술 면접시험을 치른다.

이것이 논술 시험과 어떻게 다를까? 글로 쓰는 대신 말로 하는 것일 뿐, 근본적으로는 다를 게 없다. 왜 면접 30분 전에 제시문을 줄까? 미리 독해하고 생각을 정리하라는 것이다. 구술 면접 담당 교수는 수험생이 제시문을 제대로 독해했는지 여부를 시험한다. 그리고 그것을 토대로 논리적 추론을 하고 나름의 주장을 펼 수 있는지 살펴본다. 논술 시험으로 치면 제시문과 논제를 읽고 일필휘지로 초고를 작성해 바로 제출하는 것과 비슷하다.

수험생의 처지에서 보면 논술 시험과 구술 면접은 큰 차이가 없다. 주어진 시간에 제시문을 독해하고 거기서 얻은 정보를 토대로 논리를 세우고 의견을 개진한다는 점에서 마찬가지인 것이다. 여기서 중요한 것은 화려한 문장이나 매끄러운 말솜씨가 아니다. 제시문을 정확하게 독해한 상태에서 논리적으로 앞뒤가 맞게 자기의 생각을 이야기하는 것이 핵심이다. 따라서 구술 면접을 준비하는 수험생도 논술 시험을 준비하는 것과 똑같은 방식으로 스터디그룹을 만들어 실전과 똑같은 방식으로 묻고 대답하는 훈련을 해야 한다. 글이 아니라 말로 하는 것만 다를 뿐이다.

이제 2012학년도 서울대학교 인문 계열 논술 문제를 보자. 문항은 셋, 시험 시간은 300분이다. 서울대학교 입학 본부는 '교과서에서 다루고 있는 주요 개념에 대한 충실한 이해 정도와, 이를 바탕으로 한 논리적 사고력과 추론 능력, 나아가 창의적 사고력을 평가할 수 있는 문항을 출제하기 위해 노력하였다'고 밝혔다. 이 말은 진실도 거짓도 아니다. 어떤 논제는 '교과서에서 다루고 있는 주요 개념'을 이해하는 수준에서 대답할 수 있다. 그러나 어떤 논제는 그런 수준을 훌쩍 넘어서는 능력을 요구했다.

논술 시험 문제를 보기 전에 저작권 문제에 대해 한 가지 해명을 한다. 이 시험 문제는 서울대학교 홈페이지에서 가져왔다. 그런데 서울대학교 입학 본부가 제공한 PDF 파일을 열면 맨 먼저 다음과 같은 경고문이 뜬다.

※ 아래의 문제들은 서울대학교가 학생을 선발하기 위한 것으로 서울대학교의 사전 허락 없이 상업적으로 사용하는 것을 금합니다.

경고문을 보고 잠시 당황했다. '상업적 사용'의 범위가 어디까지인지 모르겠지만, 이 책에 시험 문제를 싣는 것은 명백한 '상업적 사용'이다. 돈을 받고 책을 팔며, 그 돈의 일부를 내가 인세로 받는다. 허락을 받으려면 어떻게 해야 할까? 아마도 저작권료를 지불해야 할 것이다. 그런데 국가 예산과 학생들이 낸 수업료로 운영하는 국립 대학이 입시 논술 문제에 대해 배타적 저작권을 주장하다니, 이래도 되는 것일까? 만약 허락해 주지 않는다면? 그렇다면 수험생은 도대체 어떤 자료를 가지고 시험을 준비해야 한다는 말인가?

내로라하는 입시 전문 학원이 발간한 참고서와 논술 교재를 뒤져 보았다. 놀랍게도 서울대학교 논술 문제가 그대로 다 나와 있었다. 그 학원들이 대학 당국의 허락을 받았는지, 만약 허락을 받지 않고 사용했다면 어떤 조처를 했는지 서울대학교 입학 본부에 문의해 보았다. 흥미로운 대답이 돌아왔다. '상업적 사용'을 허락해 준 일도 없고 허락해 주지도 않을 것이란다. 그런데 허락을 받지 않고 상업적으로 사용했다고 해서 무슨 조처를 한 적은 없다고 했다.

왜 이러는지 모르겠다. 원리를 따지자면 서울대학교 입시 문제는 누구나 자유롭게 사용하도록 해 주는 게 맞다. 그러나 만약 어떤 대가를 받고 싶다면 상업적 사용을 허락하는 조건을 제시해야 한다. 이것도 아니고 저것도 아니라면 뭘 어쩌라는 말일까? 정말 비논리적인 처사가 아닐 수 없다. 달리 방법이 없어서 나도 사전 허락을 받지 않은 채 논술 시험 문제를 '상업적으로 사용'하기로 했다. 혹시 대학 당국이 무슨 조처를 하면 그건 그때 가서 대처할 수밖에.

2

제시문과 논제를 독해하는 방법

시험 글쓰기의 성패는 독해와 답안 설계 단계에서 거의 다 판가름 난다.

문장 쓰기는 기술적인 작업에 지나지 않는다.

제시문과 논제를 바르게 독해하고 출제자의 요구에

정확하게 응답하는 내용을 메모하느냐 여부가 시험 성적을 결정한다.

거기까지 잘 해냈다면 나머지 작업에서 실수를 해도 큰 문제가 없다.

뜻이 분명한 문장으로 쓰기만 하면 된다.

2012학년도 서울대학교 인문 계열 논술 시험은 문항이 셋이다. 첫 번째 문항은 논제가 셋, 분량은 2,200자 이내다. 두 번째 문항도 논제가 셋, 분량은 1,200~1,600자다. 세 번째 문항은 논제가 둘인데 하나는 600~1,000자, 다른 하나는 800~1,200자를 써야 한다. 전체 답안의 분량은 4,800~6,000자 정도 된다. 200자 원고지 24~30장으로 신문 칼럼 세 편과 맞먹는다.

전문 칼럼니스트도 300분 동안 칼럼 세 편을, 그것도 컴퓨터가 아니라 원고지에 손으로 쓰기는 어렵다. 무리하면 쓸 수야 있겠지만 훌륭한 글을 기대할 수는 없다. 고등학교를 졸업하는 대입 수험생이야 말해 무엇하겠는가. 출제한 교수들은 과도한 요구를 했다. 서울대학교 논술 시험 문제만 그런 게 아니다. 다른 대학의 시험 문제도 정도의 차이는 있을 뿐 다 비슷하다. 대학에는 서열이 있다지만 논술 문제의 난이도는 서열이 없다. 어느 학교나 다 어렵다. 하지만 어쩌겠는가? 수험생이라면 어떡하든 답을 써야 한다. 그러니 마음을 편히 가지도록 하자. 훌륭한 글을 쓰려고 애쓸 필요가 없다. 출제자가 무엇을 요구하는지 파악해서 정확하게 응답하기만 하면 된다.

자신이 수험생이라고 상상하면서 다음 문제를 읽어 보기 바란다. 나도 그렇게 상상하면서 문제를 독해하고 예시 답안을 작성했다. 시험 글쓰기의 작업 공정은 단순하다. 우선 제시문과 논제를 정확하게 독해한다. 제시문에서 중요한 정보를 추려 메모하면서 답안을 설계한다. 설계를 마치면 메모한 정보를 문장으로 만든다. 마지막으로 제시문과 논제를 다시 살피고 답안을 검토해 미세 조정과 보완 작업을 한다. 지극히 당연하고 상식적인 일이다. 복잡할 것이 전혀 없다.

대학의 논술 시험 문제를 살펴보면 출제자가 문장을 잘못 쓴 탓에 논제 자체를 이해하기 어려운 경우가 더러 있다. 제시문도 지나치게 난해한 것이 많다. 제시문이 어렵고 논제의 뜻이 분명하지 않으면 수험생은 혼란에 빠지거나 두려움을 느끼게 된다. 뭘 써야 할지 확실하게 판단하지 못한 채 시간에 쫓겨 답안을 작성하면 주제를 벗어난 글, 무슨 말인지 알 수 없는 글을 쓰게 된다. 그렇지만 다행히도 우리가 살펴볼 시험 문제는 그렇지 않다. 제시문을 독해하고 답을 쓰기가 상당히 어렵긴 하지만, 무엇을 요구하는지는 분명한 편이다. 이제 제시문과 논제를 읽어 보자. 천천히 음미하면서 읽어야 한다.

예시 문제

2012학년도 서울대학교 인문 계열 논술

[문항 1]

제시문

6월 중순쯤에 접어들면 텍사스와 멕시코 만 쪽으로부터 커다란 구름이 올라왔다. 높고 두꺼운 비구름이었다. 그러면 논밭에서 일하던 사람들은 하늘을 올려다보고 구름 냄새를 맡아보면서 침칠을 한 손가락을 치켜들고 풍향을 재어 보곤 했다. 구름이 밀려오면 말들도 들떴다. 그러나 빗기를 머금은 구름은 한두 방울 비를 떨어뜨리다가는 곧 다른 쪽으로 옮아갔다. 구름이 지나간 자리에는 다시 파란 하늘이 얼굴을 내밀고 햇살을 뿌렸다. 빗방울이 두들겼던 토사 위에는 작은 구멍이 뚫려 곰보가 나고 옥수수 잎새마다 맑은 빗방울이 맺히는 것이 고작이었다.

(중략)

밤이 이슥해지면서 바람은 벌판을 쓸었고 사방에 정적이

깔렸다. 먼지 섞인 공기는 안개나 구름보다도 들판의 소음을 더욱 완전히 감싸 버렸다. 집 안에 갇힌 채 누워 있는 사람들은 바람소리가 잦아드는 것을 기다리고 있었다. 먼지 폭풍이 멎자 그들은 자리에서 일어났다. 그들은 조용히 밤의 적막에 귀를 기울였다.

이윽고 닭이 울었다. 여기저기서 울어 대는 닭의 목청이 가라앉으면서, 사람들은 집 안에서 부산하게 움직이기 시작했고 아침 맞을 채비를 서둘렀다. 공중에 뜬 먼지가 다 가라앉으려면 상당한 시간이 걸려야 한다는 것을 그들은 잘 알고 있었다. 먼동이 트자 공중의 먼지는 안개처럼 자욱하게 깔렸고, 그 속으로 비쳐 드는 아침 햇살은 마치 선혈처럼 붉은색으로 물들어 있었다. 먼지는 하루 종일, 그리고 그다음 날에까지 걸쳐 조금씩 가라앉았다. 그것은 마치 부드러운 담요인 양 땅 위에 고루 깔렸다. 옥수수 위에도 울타리 위에도, 그리고 전깃줄 위에도 소복하게 쌓였다. 지붕마다 먼지가 입혀졌고 잡초와 나무들도 뿌연 담요에 감싸여 있었다.

(중략)

지주 대리인들은 차 안에 탄 채 소작인들에게 설명을 해 댔다.

"땅이 몹시 메말라 있다는 건 잘들 아실 거요. 목화가 땅의 피를 쪽쪽 빨아먹으니까 이렇게 황폐해 가는 거요. 참 용케도 오래 버티셨소. 안 그렇소?"

쭈그리고 앉은 소작인들은 고개를 끄덕였다. 그렇다고 어찌하면 좋을지를 아는 것은 아니어서 어리둥절한 채 그저 먼지 바닥에다 낙서만 하고 있었다. 물론 그들도 너무나 잘 아는 이야기였다. 그러나 어찌하랴. 만약 먼지만 날아가지 않는다면, 먼지가 그냥 땅바닥에 붙어 있어만 준다면 농사가 그렇게 안 되지는 않을 텐데. 대리인들은 설명을 계속하면서 자기들이 말하고자 하는 요점으로 이끌어 갔다.

"당신들도 알다시피 땅이 점점 피폐해 가지 않소? 목화가 땅으로부터 자양분과 피를 다 빨아먹으니 그럴 수밖에."

쭈그리고 있는 사람들이 머리를 조아렸다. 그들도 다 알고 있는 일이었다. 누구나 다 알고 있는 일이었다. 작물을 윤작만 할 수 있어도 토양에 자양분과 기름기가 어느 정도는 유지될 수 있을 텐데.

어차피 때는 이미 늦어 버렸다. 대리인들은 자기들보다 더 힘이 센 그 괴물이 어떻게 생각하고 있으며 형편이 어떻게 돌아가고 있는가를 열심히 설명했다. 누구든지 농사를 지어 먹고 살고 또 세금만 제대로 낼 수 있으면 계속 땅을 갈아먹으라는 것이었다. 누구든지 그렇게 할 수만 있으면 하라는 것이었다.

그렇게 할 수는 있을 것이다. 그러나 그러다가는 얼마 안 가서 농사를 망치고 은행으로부터 돈을 빌려야 할 것이다.

(중략)

그들은 물기 하나 없는 여물통 가까이에서 발을 멈추었다. 여물통 밑에서 마땅히 자라고 있어야 할 잡초도 없었고, 오래 전부터 써 온 여물통의 두꺼운 나무는 바싹 말라 금이 가 있었다. 우물 뚜껑 위에는 펌프를 붙들어 맸던 빗장이 있었는데, 그 철사에 녹이 슬어 나사가 다 빠져 나가고 없었다.

조드는 우물 속을 들여다보았다. 안에다 침을 한 번 탁 뱉고 나서 귀를 기울여 보고 흙덩어리를 떨어뜨리고 귀를 대 보았다.

"전에는 물이 참 좋았는데."

그가 말했다.

"물소리가 안 들리는데요."

그는 집 안에 들어갈 마음이 안 내키는 것 같았다. 흙덩어리만 몇 개를 계속 넣어 보았다.

"아마 다 죽어 버린 모양이군요."

그가 말했다.

(중략)

"뭣 때문에 마을 사람들을 쫓아내는 건데?"

조드가 물었다.

"아, 놈들 얘기야 근사하지. 그동안 우리가 어떤 세월을 보냈는지 알아? 먼지바람이 불어와서 모든 걸 죄다 망쳐 버리는 바람에 농사가 형편없었지. 개미 똥구멍을 막을 만큼도 안 됐으니까. 그래서 다들 식품점에 외상을 지고 있었어. 너도 알잖아. 그런데 지주들은 소작인을 둘 여유가 없대. 소작인들하고 나눠 먹으면 자기들한테 남는 게 없다는 거야. 땅을 하나로 합쳐야 간신히 수지가 맞는다고 하더라고. 그래서 놈들이 트랙터를 갖고 와서 소작인들을 전부 쫓아낸 거야. 나만 빼고 전부. 난 절대 안 떠날 거야. 토미, 내가 어떤 사람인지 알지? 태어날 때부터 날 봤으니까."

"맞아, 태어날 때부터 봤어."

"그럼 내가 바보가 아니라는 것도 알 거야. 이 땅이 별로 쓸모가 없다는 건 나도 알아. 처음부터 목장으로나 쓸 수 있는 땅이었지. 이 땅을 개간하지 말았어야 해. 그런데 여기다 목화를 심는 바람에 땅이 거의 죽어 버렸다고. 놈들이 나더러 떠나라는 소리만 안 했어도, 난 지금쯤 캘리포니아에서 마음껏 포도도 먹고 오렌지도 따고 있을 텐데. 그런데 그 개자식들이 나더러 떠나라고 했으니, 젠장, 그런 소리를 듣고 떠날 수는 없어!"

(중략)

66번 도로는 이주자들의 길이다. 미시시피 강에서 베이커즈필드까지 지도 위에서 부드럽게 오르락내리락 곡선을 그리며 국토를 가로지르는 이 긴 콘크리트 도로는 붉은 땅과 잿빛 땅을 넘어 산을 휘감아 올라갔다가 로키 산맥을 지나 햇빛이 쨍쨍한 무서운 사막으로 내려선다. 그리고 사막을 가로질러 다시 산으로 올라갔다가 캘리포니아의 비옥한 계곡들 사이로 들어간다.

(중략)

도망치는 사람들이 66번 도로로 쏟아져 나왔다. 자동차 한 대만 가지고 나온 사람들도 있었고, 자동차 여러 대로 행렬을 이룬 사람들도 있었다. 그들은 하루 종일 느릿느릿 도로를 달리다가 밤이 되면 물가에 멈춰 섰다.

(중략)

이주민들은 살 곳을 찾아 떠돌며 헤매고 있었다. 좁은 땅에서 농사를 지으며 살아온 사람들, 40에이커의 땅에 의지해서 살아온 사람들, 그 땅에서 나는 음식으로 연명하거나 굶주렸던 사람들, 그 사람들이 이제 서부 전역에서 유랑하고 있었다. 그들은 일자리를 찾아 이리저리 허둥지둥 돌아다녔다. 도로를 따라 사람들이 개울처럼 흘러 다녔고, 도랑둑에는 사람들이 줄지어 늘어서 있었다. 그리고 그들 뒤로 더 많은 사람들이 오고 있었다. 넓은 도로는 이주하는 사람들로 가득 찼다. 중서부와 남서부에서 살아온 소박한 농사꾼들은 산업화의 물결에도 변하지 않았고, 농사에 기계를 사용한 적도 없었으며, 기계가 개인의 손에 들어갔을 때의 힘과 위험을 모르고 있었다. 그들은 자라면서 산업화의 모순을 경험한 적이 없었다. 하지만 그들은 말도 안 되는 산업화된 삶에 대해 신경이 곤두서 있었다.

(중략)

이주민들은 도로를 타고 계속 흘러들어 왔다. 그들의 눈 속에는 굶주림이 있었고, 욕망이 있었다. 그러나 그들에게는 주장도, 조직도 없었다. 그들이 엄청난 숫자로 몰려온다는 것, 그들에게 욕망이 있다는 것, 그것뿐이었다. 일자리가 하나 생기면 열 명이 그 자리를 잡으려고 싸웠다. 낮은 품삯을 무기로 싸웠다. 저 사람이 30센트를 받는다면, 나는 25센트만 받겠다는 식이었다.

그림

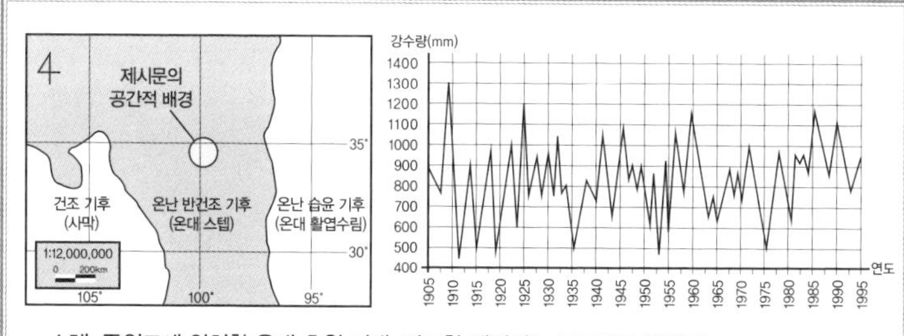

• 스텝: 중위도에 위치한 온대 초원 지대. 건조한 계절에는 불모지로 변한다.

※ 제시문은 미국의 경제 대공황 시대를 배경으로 한 소설의 일부이고, 위 그림은 제시문 전반부의 주요 배경이 된 지역의 기후 환경을 보여 주고 있다. 제시문과 그림을 참고하여 다음의 논제에 답하시오. (세 논제를 모두 합하여 2,200자 이내)

〈논제 1〉 제시문에 나타난 상황들의 원인을 분석하여 설명하시오.

〈논제 2〉 주민들이 원거주지에서 살기 어렵게 된 가장 핵심적인 원인이 무엇이라고 생각하는지 근거를 들어 논하시오.

〈논제 3〉 제시문에 나타난 '이주'와 '잔류'의 행위를 비교하여 논하시오.

[문항 2]

제시문

사회 구성원의 이질성이 공동체 의식과 어떤 관계가 있는지 알아보려고 한다. 사회 구성원의 이질성은 소득의 차이와 언어의 다양성을 지표로 하고, 공동체 의식은 자원봉사율을 지표로 한다. 관계 분석을 위하여 N 개의 지역으로 이루어진 국가 A에서 개별 지역을 대상으로 x, y, z이라는 세 변수의 자료를 수집한다. 한 지역의 x값은 언어적 이질성 지표, y값은 소득 이질성(소득 불균등도) 지표, 그리고 z값은 그 지역의 자원봉사율을 나타낸다. M 개의 언어 사용 집단으로 이루어진 언어 이질성 지표는 $1-\sum_{i=1}^{M} s_i^2$의 공식으로 계산되며, 여기서 s_i는 지역 내에서 하나의 언어를 사용하는 주민의 비율을 나타낸다. 예를 들어, 어느 지역 주민이 사용하는 언어가 다섯 개이고, 개별 언어 비율이 (0.2, 0.2, 0.2, 0.2, 0.2)인 경우, 이질성 지표는 0.8이라는 최댓값을 가지며, 만약 그 지역이 한 언어를 사용하는 주민으로만 이루어졌다면 이질성 지표는 최솟값 0을 갖게 된다. 소득 이질성 지표로는 지니 계수를 사용한다. 지니 계수는 소득 분포의 불평등 정도를 나타내는 지표로서, 지역의 모든 구성원이 동일한 소득을 갖고 있으면 0이라는 최솟값을 갖고, 지역의 모든 소득이 한 사람에게 집중되었다면 1이라는 최댓값을 갖는다. 자원봉사율은 자원봉사에 참여하는 사람의 비율을 가리킨다. 다음 그림은 변수 x, y, z 간의 가설적인 인과관계를 나타낸 것이다.

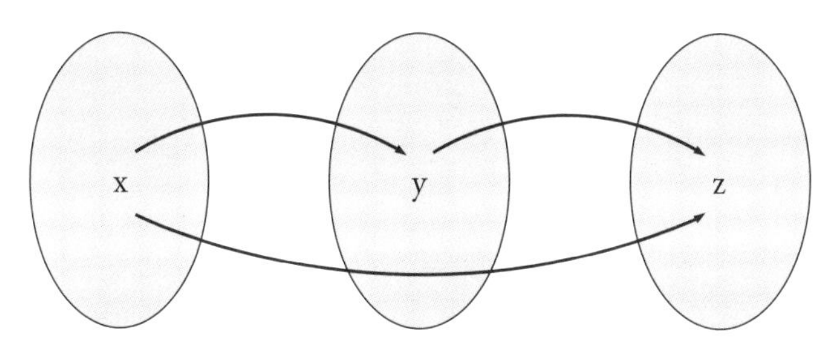

자료를 이용해 두 변수 간의 관계로서 x와 y, y와 z 그리고 x와 z의 관계를 나타내면 다음의 세 그래프 1-a, 1-b, 1-c와 같다.

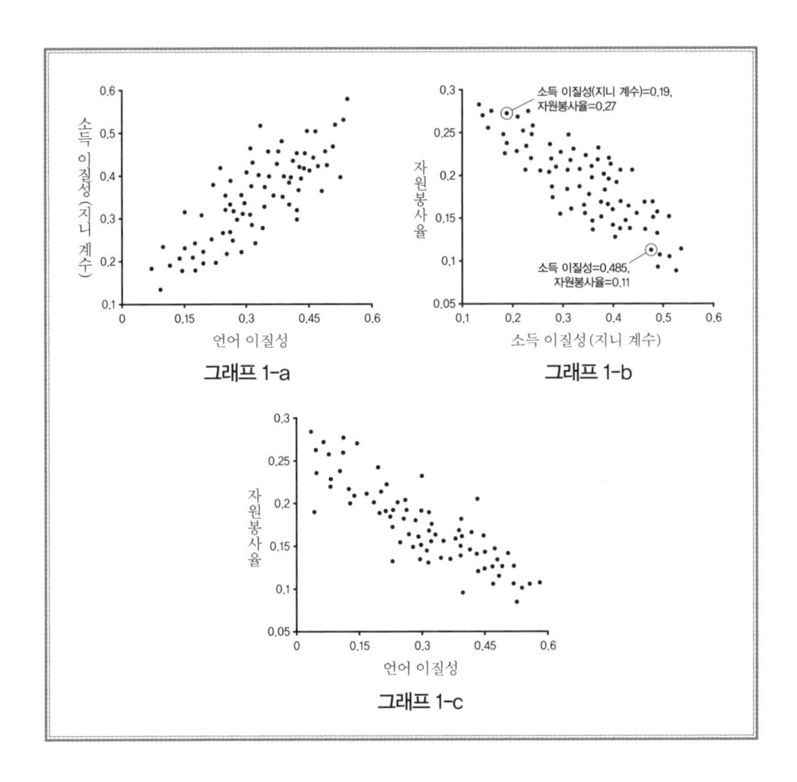

그래프 1-a

그래프 1-b

그래프 1-c

※ 제시문을 읽고 다음 세 논제에 답하시오. (세 논제를 모두 합하여 1,400±200자)

〈논제 1〉 세 그래프 1-a, 1-b, 1-c의 의미를 기술하시오.

〈논제 2〉 위의 제시문과 동일한 방식으로 국가 B의 사례를 분석한 결과는 그래프 2-a, 2-b, 2-c와 같다. 국가 B뿐만 아니라, 다른 많은 국가에서도 이 그래프와 같은 양상이 나타나고 있다. 제시문에서 그림으로 보여 준 변수 x, y, z 간의 가설적인 인과관계를 참고하여, 국가 A와 국가 B에 대한 분석 결과의 차이를 기술하시오.

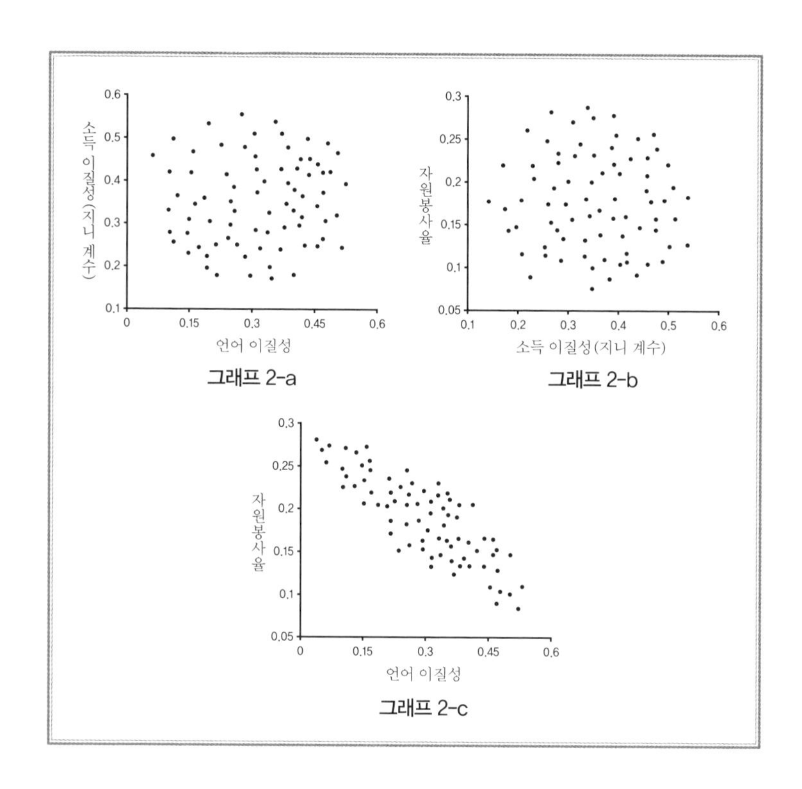

그래프 2-a

그래프 2-b

그래프 2-c

〈논제 3〉 논제 1과 2에 대한 논의를 바탕으로, 공동체 의식을 높이기 위한 방안과 그 근거를 설명하시오.

[문항 3]

제시문

(가) 다음은 나폴레옹의 일대기를 약술한 것이다.

• 1769년 8월 15일 지중해의 작은 섬 코르시카에서 출생함. 나폴레옹의 집안은 프랑스의 코르시카 점령에 항의하기 위해 '파스콸레 파올리'가 이끄는 독립운동에 참여하였으나, '파스콸레 파올리'가 망명하자 프랑스 측으로 전향하여, 가문의 명칭을 '부오나파르테'에서 프랑스식인 '보나파르트'로 바꾸고 귀족 자격을 얻음.

• 1779년 아버지를 따라 프랑스로 건너가 유년 육군사관학교에 입학함.

• 1784년 파리 육군사관학교에 입학하여 4년 과정을 불과 11개월 만에 수료함.

• 1785년 육군사관학교를 졸업하고 포병 소위로 임관함.

• 1789년 바스티유 감옥 함락 소식을 듣고 프랑스 혁명에 참가하였다가 체포됨.

• 1792년 코르시카로 귀향하여 국민 위병대의 중령이 되지만, 프랑스 왕당파와 가까웠던 '파스콸레 파울리'와 균열이 생겨 일가족과 마르세유로 도피함. 마르세유에서 유복한 상인 집안의 딸 '데지레 클라리'와 약혼함.

• 1793년 프랑스군 대위로서 왕당파의 반란군을 진압하는 최초의 무훈을 세워 사단장이 됨.

• 1794년 공안 위원장 '막시밀리앙 로베스피에르'가 실각하여

처형된 후 감옥에 갇힘. 이후 석방되어 혁명 정부의 총재 '파울 바라스'에게 등용됨.

- 1795년 파리에서 왕당파의 봉기가 일어나자 수도 시가지에서 대포를 쏘는 대담한 전법으로 진압함으로써 사단장이 됨.
- 1796년 '데지레 클라리'와 파혼하고, 귀족의 미망인으로 '파울 바라스'의 애인이기도 한 '조제핀 드 보아르네'와 결혼함. '파울 바라스'에 의해 이탈리아 원정군의 사령관으로 발탁됨.
- 1797년 오스트리아의 수도 빈을 점령함.
- 1798년 이집트의 피라미드 전투에서 승리함.
- 1799년 영국과 오스트리아가 동맹을 맺고 프랑스의 왕정복고를 명분으로 내세워 프랑스를 위협하자, 혁명 정부의 명령도 받지 않고 귀국함. 의사당에서 자신의 정부를 승인할 것을 요청하였으나 오백인회가 이를 거부하자 쿠데타를 일으켜 오백인회를 해산함. 3명의 통령들을 두는 새 헌법을 만들어 국민 투표에 부쳐 원로원으로부터 10년 임기의 제1통령으로 임명됨.
- 1800년 연합국에 강화를 제의하지만 거절당하자, 실패할 것이라는 주변의 만류에도 불구하고 알프스를 직접 넘어 마렝고 전투에서 오스트리아를 굴복시킴. 이때 "나의 사전에 불가능이란 없다"라는 말을 남겼다고 함.
- 1801년 오스트리아와 강화하여 라인 강의 절반을 할양받음.

북이탈리아 등을 프랑스의 보호국으로 만듦.

- 1802년 종신 통령이 되어, 자신의 독재권을 더욱 강화함.
- 1804년 각 지역의 여러 가지 관습법과 봉건법을 하나로 통일한 최초의 민법전인 '나폴레옹 법전'을 제정함. 국민 투표를 거쳐 황제로 즉위함.
- 1805년 트라팔가르 해전에서 넬슨이 이끈 영국 해군에게 완패함.
- 1806년 대륙 봉쇄령을 내려 유럽 국가가 영국과 교역하는 것을 금지함. 프로이센이 영국, 러시아, 스웨덴과 더불어 대프랑스 동맹을 조직하자, 10월에 프로이센군을 물리치고 베를린에 입성함.
- 1807년 폴란드로 진격함. 프로이센을 구원하러 온 러시아군을 격파함. 프로이센의 영토를 축소시키고, 폴란드 지역을 하나로 묶어 바르샤바 대공국을 세움.
- 1808년 스페인을 점령함.
- 1810년 황후 '조제핀 드 보아르네'와 이혼하고, 오스트리아 황제의 딸 '마리 루이즈'와 혼인함.
- 1812년 60만 대군을 이끌고 대륙 봉쇄령을 어긴 러시아를 공격하여 모스크바를 점령함. 러시아군이 퇴각하면서 도시와 곡식에 불을 질렀기 때문에 겨울을 넘기기 어려워 퇴각하다가

뒤쫓아 온 러시아군에게 대패함. 대프랑스 동맹이 새로이 결성됨.

- 1814년 대프랑스 연합군에 포위되어 3월에 파리가 함락됨. 나폴레옹은 퇴위를 강요당하여 지중해의 작은 섬인 엘바 섬으로 추방됨.
- 1815년 엘바 섬을 탈출하여 파리로 돌아와 복위하나, 워털루 전투에서 영국과 프로이센의 연합군에게 완패하여 백일천하가 끝남.
- 1821년 5월 5일 유배지 세인트헬레나 섬에서 사망함.

(나) 손금에는 다음과 같은 것이 있다고 한다.

- 감정선: 마음의 움직임, 감정 등의 판단 근거
- 결혼선: 이성에 대한 태도, 연애, 결혼 등의 판단 근거
- 권력선: 권력, 명예, 야심, 욕망 등의 판단 근거
- 두뇌선: 지능, 재능 등의 판단 근거
- 생명선: 건강, 체력, 수명의 장단 등의 판단 근거
- 운명선: 운세의 강약, 직업, 직장, 사회생활 등의 판단 근거
- 재운선: 금전운, 의식주 등의 판단 근거
- 태양선: 창의력, 인기, 재능, 명예, 행복 등의 판단 근거

〈논제 1〉 나폴레옹이 자신의 목표를 이루기 위하여, 끊어져 있던 손금의 선을 칼로 그어 이었다는 이야기가 전해지고 있다. 제시문 (가)에 약술된 나폴레옹의 삶에서 중요하다고 생각하는 사건 하나를 들고, 그 사건과 관련하여 나폴레옹이 언제, 어떤 마음으로, 어느 손금을 바꾸었을지 제시문 (나)의 내용을 토대로 상상하여 서술하시오. 또한 '손금'은 나폴레옹에게 어떠한 의미가 있었을지 서술하시오. (800 ± 200자)

〈논제 2〉 우리는 주변에서 손금을 보는 것과 같은 행위를 수없이 발견할 수 있다. 이와 관련된 구체적인 예를 두 가지 들고, 이 두 행위가 가지는 의미를 기술한 후, 인간이 이러한 행위를 하는 이유에 대해 논하시오. (1,000 ± 200자)

(조건 1) '손금을 보는 것'과 유사한 행위들의 분류 기준을 제시하고 서로 다른 유형에 속하는 사례를 들 것.
(조건 2) 두 가지 예 중 하나는 논제 1에서 서술한 손금에 대한 나폴레옹의 태도와 연관 지어 설명할 것.
(조건 3) 자신의 견해에 대한 예상 반론과 그것에 대한 반박을 포함시킬 것.

시간 계획을 세우는 요령

제시문과 논제를 읽은 소감이 어떤가? 저마다 다르겠지만 쉽다고 느낀 사람은 거의 없을 것이다. 한 번 척 보고 뭘 쓰라는지 알았다면 드물게 뛰어난 독해력과 사유 능력을 가진 사람이다. 알 듯 말 듯 헷갈린다면 상당히 괜찮은 편이다. 무엇을 쓰라는 것인지 전혀 감이 오지 않을 뿐만 아니라 제시문과 논제를 읽는 것 자체가 무척 힘들었다면? 그렇다면 평균 수준이다. 자책할 필요는 없다.

최근 조사 결과에 따르면 대한민국 국민은 한 해에 책을 열 권 정도 읽는다. 어린이와 청소년을 제외하고 민법상 성인만 따졌을 때 그렇다고 한다. 대한민국의 평균적인 국민이라면 이 논술 시험 문제를 독해하는 일이 어려울 수밖에 없다. 잡지를 포함해서 한 해 열 권을 읽는 사람에게는 버거운 문제기 때문이다.

교수들은 고등학교 졸업생의 독해력과 사고력을 과대평가했음이 분명하다. 그렇지 않다면 논술 시험 문제를 이렇게 냈을 리가 없다. 겨우 300분 동안 부담스러울 정도로 긴 텍스트를 읽고 200자 원고지 30장 가까운 분량의 글을 써야 한다. 특별한 글쓰기 훈련을 하지 않았다면 전교 1등을 다투는 학생이라도 쉽지 않은 일이다. 게다가 고등학교에서 논술 시험에 대비한 글쓰기 훈련 기회를 충분히 제공하는 것도 아니다. 국어와 사회 담당 교사들이 힘을 모으면 인문 계열 논술 시험에 도움을 줄 수 있지만, 그러기에는 교육 여건이 어려운 게 현실이다. 그래서 수험생들이 지푸라기라도 잡는 심정으로 전혀 족집게일 수 없는 '족집게 과외'에 매달리고, 효과가 검증되지 않은 논술 전문 학원의 배경지식 강의와 첨삭 지도에 의존하는 것이다.

꼭 과외를 받거나 학원에 가야만 논술 시험을 잘 볼 수 있는 건 아니다. 방법만 알면 혼자서도 해낼 수 있다. 이제 그 이야기를 시작하자. 수험생은 시험 문제를 받아 든 순간부터 마감 종이 울릴 때까지 무엇을 어떤 순서로 어떻게 해야 할지 정확하게 알고 있어야 한다. 그런데 여기서 '알고 있다'는 것은 단지 머리로 이해한다는 뜻이 아니다. 숙련된 운전자는 의식하지 않고 핸들과 변속기를 조작한다. 모든 것을 잘 준비하려는 수험생이라면 그 모든 것을 몸으로 익혀 두어야 한다. 그러려면 기출문제나 예상문제로 실전과 똑같은 훈련을 해야 한다. 그래야 실전에 가서 연습한 그대로 할 수 있다. 학원 선생님이나 과외 선생님의 도움을 받아서 나쁠 것은 없다. 하지만 정말 중요한 것은 자신의 힘으로, 자기 몸으로 해 보는 것이다.

다른 일들이 다 그렇듯 논술 시험도 계획을 잘 세우는 데서 출발해야 한다. 합리적이고 현실에 적합한 계획을 세우지 않으면 무슨 일이든 성공하기 어렵다. 시험 문제를 받으면 무엇보다 시간 계획을 먼저 세워야 한다. 전체 시험 시간이 얼마며, 논제가 몇 개고, 난이도는 각각 어느 정도인지 파악해 시간표를 짜는 것이다. 이미 말한 것처럼 우리가 살펴볼 논술 문제 시험 시간은 총 300분이다. 문항은 셋이며 문항 또는 논제마다 답안 분량이 정해져 있다. 시간 계획을 세우려면 먼저 각 문항의 제시문과 논제를 독해하면서 난이도와 분량을 점검해야 한다.

[문항 1]은 제시문이 매우 길고 논제가 셋이나 된다. 답안 분량은 세 논제를 합쳐서 2,200자 이내이다. 너무 짧게 쓰지만 않는다면 2,200자가 되지 않아도 상관없다. 그러나 어떤 경우에도 2,200자를 넘기지는 말아야 한다. 2,100자 정도를 목표로 삼아 쓰면 무난할 것이다. 논제는 그리 어렵지 않은 편이다. 세 논제에 각각 700자를 배정하면 된다. 만약 〈논제 3〉이 가장 어려워 보인다면 앞의 두 논제에서 50자씩 덜어서 각각 650자, 650자, 800자를 할당해도 좋다.

[문항 2]는 제시문이 길지 않은 대신 수학적 표현이 등장하고 그래프가 여럿 나온다. 논제는 셋이나 되지만 답안 분량은 [문항 1]보다 훨씬 적다. 세 논제를 합쳐서 1,200~1,600자로 써야 한다. 중간값인 1,400자를 목표로 삼으면 된다. 1,400자를 세 논제에 합리적으로 할당하려면 난이도가 가장 낮고 요구 사항이 간단한 〈논제 1〉을 최대

한 간단하게 처리해야 한다. 그래야 조금 더 복잡한 서술을 요구하는 〈논제 2〉와 〈논제 3〉 답안을 쓰는 데 필요한 분량을 확보할 수 있다. 예를 들어 〈논제 1〉에 350자, 〈논제 2〉에 450자, 그리고 〈논제 3〉에 600자를 배정하면 된다.

[문항 3]은 제시문이 긴 편이고 앞의 두 문항보다 논제가 훨씬 어렵다. 〈논제 1〉은 최소 600자에서 최대 1,000자, 〈논제 2〉는 최소 800자 최대 1,200자로 써야 한다. 각각 800자와 1,000자를 목표로 삼아 쓰면 된다. 분량 차이에서 알 수 있듯이 〈논제 1〉보다는 〈논제 2〉가 더 까다롭다. '조건'이 셋이나 딸려 있으며, 그 조건이 구체적으로 무엇을 의미하는지 불분명하다.

시간을 할당할 때는 난이도와 답안 분량을 모두 고려해야 한다. 답안 분량이 많을수록 더 많은 시간을 배정한다. 그리고 같은 분량이라도 제시문과 논제가 어려우면 그만큼 더 넉넉하게 시간을 할당해야 한다. 사람마다 차이는 있겠지만 최대한 객관적으로 볼 때 [문항 1]과 [문항 3]이 [문항 2]보다 더 어렵고 답안 분량도 많다. 내가 수험생이라면 [문항 2]보다는 [문항 1]과 [문항 3]에 더 많은 시간을 배정할 것 같다. 예를 들자면 [문항 1]과 [문항 3]에 각각 105분씩, 그리고 [문항 2]에는 70분을 배정하는 것이다. 그러나 [문항 2]가 어려워 보이는 수험생이라면 [문항 1]과 [문항 3]에 각각 100분씩, 그리고 [문항 2]에 80분을 배정해도 된다. 무슨 정해진 공식이 있는 것은 아니다. 각자 느끼는 주관적 난이도에 따라 융통성을 발휘하면 된다.

세 문항에 대해서 각각 105분, 70분, 105분을 할당한다고 하자.

할당한 시간의 합은 300분이 아니라 280분이다. 20분은 어디로 갔을까? 시간표를 짜는 데 들어갔다. 이런 정도 문제라면 시간표를 짜는 데 최소한 20분 정도는 걸리는 게 자연스럽다. 제시문과 논제를 독해하는 데 들어가는 시간이기 때문에 더 오래 걸려도 상관없다. 전체 시험 시간의 10퍼센트인 30분을 시간표 짜기에 써도 좋다. 만약 30분을 그렇게 쓴다면 [문항 1]과 [문항 3]에 각각 100분을 배정하면 된다.

왜 시간 계획을 세워야 할까? 시간 계획을 세우지 않으면 큰 사고가 날 수 있기 때문이다. 예컨대 [문항 1]에 너무 많은 시간을 투입한 경우를 생각해 보자. 그렇게 하고 나면 시간이 부족하다. 어쩔 수 없이 [문항 2]와 [문항 3]을 대충 써야 한다. 이렇게 되면 설혹 [문항 1]에서 만점을 받는다고 해도 [문항 2]와 [문항 3] 점수가 낮아져 전체적으로는 성적이 나빠질 수 있다. 성격이 느긋하고 낙천적인 사람이 이런 실수를 저지르는 경향이 있다.

정반대 성격을 가진 수험생을 생각해 보자. 시간이 모자랄까 노심초사한 나머지 [문항 1]을 서둘러 대충 써 버렸다. 그러면 [문항 2]와 [문항 3] 답안을 다 쓰고도 시간이 남을 수 있다. 그 시간을 이용해 [문항 1] 답안을 다시 점검하면서 오류를 고치고 내용을 보완할 수는 있을 것이다. 하지만 아무리 잘 고친다고 해도 애초에 적절한 시간을 들여 제대로 쓴 것보다는 못하다. 너무 많이 손을 보면 답안지가 지저분해질 수도 있다. 성격이 소심하고 잔걱정이 많은 사람일수록 이런 실수를 할 가능성이 높다.

시간을 합리적으로 이용하지 못해서 낭패를 보는 비극을 피하려면 시간표를 제대로 짜서 잘 보이는 곳에 적어 두어야 한다. 그리고 제시문과 논제를 읽고 답안을 작성하면서 수시로 상황을 점검해야 한다. 시간이 얼마나 흘렀으며 지금 어느 문항 어느 논제까지 진도가 나갔는지 확인하고, 필요하면 속도를 조절해야 한다.

연결된 논제는 연결해서 이해하자

시간표를 짜는 데 20분을 썼다고 하자. 이제 105분을 할당한 [문항 1] 답안 작성에 착수한다. 시간표를 만들 때 이미 읽어 보았던 [문항 1]의 제시문과 논제를 찬찬히 보면서 다시 독해한다. 같은 문항에 속한 논제는 연결되어 있다고 보아야 한다. 예컨대 〈논제 2〉나 〈논제 3〉이 〈논제 1〉 답안 작성에 반드시 반영해야 할 정보를 담고 있을 수 있다. 또한 〈논제 1〉을 제대로 다루어야만 그다음 논제도 바르게 처리할 수 있게 얽혀 있는 경우도 많다. 그래서 같은 문항에 여러 개의 논제가 있는 경우 모든 논제를 한 덩어리로 취급하면서 독해해야 한다. 한 논제를 완전히 해결하고 다음 논제로 넘어가는 방식으로 대처하면 실패할 위험이 크다.

실제로 [문항 1]의 세 논제는 긴밀하게 얽혀 있다. 그래서 〈논제 1〉의 답안을 설계할 때 〈논제 2〉와 〈논제 3〉이 어떤 내용인지 알고 있어야 하며, 〈논제 2〉와 〈논제 3〉은 〈논제 1〉의 연장선에서 다루어야 한다. 답안이 2,200자를 넘으면 안 되기 때문에 각 논제에 똑같이 700자를 할당한다. 답안을 작성하기 위해 만드는 메모 역시 700자로 쓸 수 있는 정도여야 하고 세 논제 모두 비슷한 분량으로 메모해야 한다.

여기서 주의해야 할 것이 있다. [문항 1] 전체에 105분을 할당했다고 해서 세 논제에 각각 35분씩 배정하여 차례차례 메모하고 답안을 쓰면 안 된다. 세 논제와 제시문 모두를 한꺼번에 독해하고 세 논제의 답안 역시 한꺼번에 구상해야 한다. 논제를 파악하려면 제시문을 독해해야 하고, 제시문을 정확히 독해하려면 논제를 알고 있어야 한다. 그래서 제시문과 논제를 여러 번 되풀이해 읽으면서 어떤 정보를 중심으로 답안을 쓸지 구상한다. 어느 정도 이해했다는 느낌이 오면 빈 종이에 중요한 단어와 논리를 메모하면서 글을 설계한다. 이 설계 작업은 〈논제 1〉부터 〈논제 3〉까지 한꺼번에 연속해서 진행한다. 세 논제 모두를 한꺼번에 설계하고, 문장을 쓸 때에도 〈논제 1〉부터 〈논제 3〉까지 한꺼번에 다 쓰는 것이다. 다시 말하지만 〈논제 1〉을 완전한 문장으로 다 쓴 후에 〈논제 2〉 답안 설계와 메모 작업으로 넘어가는 게 아니다. 왜 그래야 하는지는 뒤에서 알게 될 것이다.

〈논제 1〉부터 〈논제 3〉까지 메모와 답안 설계가 끝나면 구조가 올바른지, 중요한 정보를 빠뜨리지 않았는지 다시 한 번 점검한다.

제시문과 논제를 읽고 메모한 것을 꼼꼼하게 살펴, 답안의 구조와 주요 정보를 수정 보완하는 것이다. 더는 수정 보완할 것이 없다는 판단이 서면 비로소 문장을 쓰는 작업으로 넘어간다. 여기까지 얼마만큼 시간을 써야 할까? 아무리 적게 써도 시험 시간의 3분의 1은 써야 한다. 최소한 그렇다는 이야기다. 어느 정도가 적당한가? 절반을 쓰는 게 바람직하다. [문항 1]에 105분을 배정했으니 아무리 짧아도 35분을 써야 하며 되도록 절반 수준인 50분 정도를 써야 한다는 이야기다. 이렇게 하면 시험 시간의 절반이 독해와 답안 설계에 들어간다. 나머지 절반의 시간을 문장 쓰는 데 사용하면 된다.

시험 글쓰기의 성패는 독해와 답안 설계 단계에서 거의 다 판가름 난다. 문장 쓰기는 기술적인 작업에 지나지 않는다. 제시문과 논제를 바르게 독해하고 출제자의 요구에 정확하게 응답하는 내용을 메모하느냐 여부가 시험 성적을 결정한다. 거기까지 잘 해냈다면 나머지 작업에서 실수를 해도 큰 문제가 없다. 뜻이 분명한 문장으로 쓰기만 하면 된다. 문장이 아름다운지 여부는 중요하지 않다. 문장이 훌륭하면 좋겠지만, 훌륭한 문장을 쓰는 데 집착해서는 안 된다. 50분이면 최대 2,200자를 쓰는 데 충분하다. 같은 방법으로 70분과 105분을 할당한 [문항 2]와 [문항 3]을 해결하면 된다. 전체 시험 시간 300분을 다음 표와 같이 활용하는 것이다.

만약 논술 시험 시간이 60분이나 100분 정도고 복수의 문항이 나온 경우라면 전체 시간을 그에 맞도록 잘게 쪼개어 시간표를 만들어야 한다.

시험 시간 활용법 예시

시간	소요	내용
0분 ~ 20분	20분	시간표 만들기
20분 ~ 70분	50분	[문항 1]의 제시문과 〈논제 1〉 〈논제 2〉 〈논제 3〉 독해하고 답안 메모하기
70분 ~ 125분	55분	[문항 1]의 〈논제 1〉 〈논제 2〉 〈논제 3〉 답안 작성하기
125분 ~ 160분	35분	[문항 2]의 제시문과 〈논제 1〉 〈논제 2〉 〈논제 3〉 독해하고 답안 메모하기
160분 ~ 195분	35분	[문항 2]의 〈논제 1〉 〈논제 2〉 〈논제 3〉 답안 작성하기
195분 ~ 245분	50분	[문항 3]의 제시문과 〈논제 1〉 〈논제 2〉 독해하고 답안 메모하기
245분 ~ 300분	55분	[문항 3]의 〈논제 1〉 〈논제 2〉 답안 작성하기

배경지식, 없어도 괜찮다

논술 시험의 성공과 실패는 쓰기보다 읽기에 달려 있다. 문장력보다 독해력이 중요하다는 뜻이다. 만약 제시문과 논제를 정확하게 독해하지 못한다면 아무리 문장력이 뛰어나도 시험 글쓰기에 성공할 수 없다. 논리가 맞지 않고 주제와 관계없는 내용을 멋진 문장으로 써 본들 무엇하겠는가? 논술 시험을 잘 보려면 쓰는 훈련보다 읽는 훈련을 더 많이 해야 한다.

제시문과 논제를 옳게 독해하려면 무엇보다도 텍스트를 두려워하지 말고 정면으로 대결해야 한다. 여기에서 큰 문제가 되는 것이 소위 '배경지식'이다. 배경지식이 부족하면 논술문을 제대로 쓸 수 없다는 생각은 잘못된 고정 관념이다. 배경지식만 있으면 잘 쓸 수 있다는 생각도 착각이다. 시험 글쓰기에서 배경지식은 필수 요소가 아니다. 제시문과 논제가 잘 모르는 주제를 다룬다고 해도 겁먹을 필요가 없다. 배경지식이 부족한 건 괜찮다. 배경지식이 부족하다고 해서 두려움을 느끼는 게 문제다. 게다가 배경지식은 잘 쓰면 약이 되지만 잘못 쓰면 치명적인 독이 될 수도 있다. 그럴 바에는 배경지식이 없는 게 차라리 나을지도 모른다.

과연 그런지 서울대학교 논술 시험 문제를 분석해 보자. 먼저 [문항 1]이다. 31쪽으로 가서 [문항 1]의 제시문과 논제를 다시 읽어 보라. 출제자는 [문항 1]의 제시문이 '미국의 경제 대공황 시대를 배경으로 한 소설의 일부'라고 밝혀 두었다. 중요한 배경지식을 수험생한테 제공한 것이다. 그리고 '제시문 전반부의 주요 배경이 된 지역의 기후 환경'을 보여 주는 그림과 도표를 제시했다.

누가 쓴 소설인지 안다면? 그 소설을 읽어 보았다면? 대공황이 언제 일어나 얼마나 오래 지속되었으며 그 원인과 결과가 무엇인지 잘 안다면? 대공황을 주제로 실전 연습 글쓰기를 한 적이 있다면? 그렇다면 그 수험생은 마음이 놓일 것이다. *아, 내가 아는 문제야. 잘 할 수 있어!* 그런 안도감을 느끼면서 두려움 없이 제시문과 논제를 읽을 수 있을 것이다. 그런 태도로 독해하고 글을 쓰면 좋은 성적을 얻을 가능성이 있다. 그러나 어디까지나 가능성일 뿐이다.

시중에 나와 있는 논술 참고서는 논제와 관련한 배경지식을 설명하는 데 많은 지면을 쓴다. 논술 전문 학원에서도 문제를 해설할 때 반드시 배경지식 강의를 한다. 이렇게 하는 것은 수험생을 배경지식으로 최대한 무장시키기 위해서다. 그런데 지식수준을 제대로 높이려면 긴 시간에 걸쳐 독서해야 한다. 짧은 기간에 참고서를 읽거나 학원 강의를 듣는다고 해서 지식수준이 크게 높아지지는 않는다. 그렇지만 한국의 사교육 기업은 불가능이 없다고 말한다. '배경지식 강의'를 통해 불가능을 가능으로 만든다고 주장한다. 심지어 '족집게 논술 과외'라는 것도 있다.

그런 호언장담은 믿지 않는 게 현명하다. 논술 시험에는 '족집게 과외'가 있을 수 없다. '족집게처럼 보이는 과외'가 있을 뿐이다. 주요 대학의 논술 시험 기출문제를 자세히 들여다보면 일정한 패턴을 찾을 수 있다. 자주 나오는 주제, 제시문으로 널리 쓰이는 책이 있다. 그런 것들을 참고해서 '출제 가능성이 높은 논제'를 100개 만든다고 하자. 그 논제와 관련하여 알아 두면 좋은 정보와 이론을 요약한 배경지식 노트 100개를 만들 수 있을 것이다. 수험생이 이런 식으로 만든 100개의 논제와 배경지식 노트, 100개의 표준 답안을 세트로 묶어 암기하면 효과를 볼 수 있을까? 단언컨대, 효과는 없고 부작용만 생길 뿐이다.

서울대학교 입학 본부가 예전에 공개한 채점 총평이 아직도 대학 홈페이지에 남아 있다. 논술 시험 문제를 출제하고 채점을 지휘한 교수는 '유사한 답안'이 많았다며 안타까움을 토로했다. 이게 도대체 무슨 말인가? 수험생들은 같은 제시문을 보면서 같은 논제로 글을 쓴다. 제대로 똑똑하게 답안을 쓴다면 비슷한 답안이 많이 나오는 게 당연하다. 그게 왜 안타까운 일인가?

'유사한 답안'이 많았다는 것은 그런 뜻이 아니다. 제시문의 정보를 제대로 활용해서 출제자가 요구하는 대로 정확하게 쓴 답안이 아니라 논제와 동떨어져 있으면서 비슷한 답안이 많았다는 말이다. 이것이 소위 '붕어빵 논술' 답안이다. 많은 수험생이 제시문과 논제를 정확하게 독해해서 글을 쓴 게 아니라 미리 연습한 것 중에서 주어진 논제와 가장 가까운 답안을 외워서 쓴 것이다. 이렇게 하면 좋은 결과를 얻기 어렵다.

'붕어빵 논술'은 두려움과 오해의 산물이다. 논술 시험을 볼 때 배경지식이 풍부하면 좋다. 그러나 배경지식이 빈약하다고 해서 논술문을 제대로 쓸 수 없는 것은 결코 아니다. 배경지식이 많아도 잘못 활용하면 아예 아무런 배경지식이 없는 것만 못한 결과를 얻을 수도 있다. 이미 말한 것처럼 논술 시험을 보는 데 배경지식은 없어도 된다. 대공황이나 소설가 존 스타인벡(John Steinbeck, 1902~1968)에 대해 특별한 지식이 없어도 답안을 매끈하게 쓸 수 있다. 《분노의 포도(The Grapes of Wrath)》라는 소설 제목, 대공황의 원인과 과정과 결과를 몰라도 상관없다. [문항 1]의 세 논제 가운데 제시문에 없는 정보를 동원해야 대답할 수 있는 논제는 하나도 없다. 독자들의 편의를 위해 [문항 1]의 세 논제를 다시 옮겨 놓았다.

〈논제 1〉 제시문에 나타난 상황들의 원인을 분석하여 설명하시오.

〈논제 2〉 주민들이 원거주지에서 살기 어렵게 된 가장 핵심적인 원인이 무엇이라고 생각하는지 근거를 들어 논하시오.

〈논제 3〉 제시문에 나타난 '이주'와 '잔류'의 행위를 비교하여 논하시오.

〈논제 1〉은 사실상 제시문을 요약하라는 것이다. 제시문이 어떤 상황을 보여 주는지 파악하고 그 원인을 분석하는 데 배경지식을 동원할 필요는 없다. 수험생에게는 제시문과 논제 말고 다른 자료가 없으며, 모두가 같은 조건에서 시험을 본다. 이 사실을 제대로 인식해야 한다. 출제자는 수험생이 배경지식을 얼마나 많이 가지고 있는지 관심이 없다. 그가 알아보려는 것은 제시문과 논제가 제공하는 정보를 파악하고 활용하는 수험생의 능력이다. 〈논제 1〉을 대답하는 데 배경지식은 없어도 된다. 아는 게 있어도 그냥 배경으로 두는 게 바람직하다. 그것을 밖으로 끌어내면 오히려 해가 될 수 있다.

[문항 1]의 제시문은 존 스타인벡의 소설 《분노의 포도》에서 발췌한 것이다. 1930년대 대공황 시기에 자본주의 체제의 모순이 충격적인 양상으로 드러났다. 그 시기 농민과 노동자와 도시 빈민이 겪었던 사회적 참극을 존 스타인벡이 실감 나게 그렸다는 사실은 이 소설을 읽은 사람이라면 누구나 안다. 딸려 나온 그림과 도표는 그 시기 농촌 해체의 양상, 농민들의 탈출이 대규모로 일어난 지역의 기후 특성과 강수량을 보여 준다. 소설을 읽지 않았다고 해도, 누가 쓴 소설인지 모른다고 해도, 제시문과 도표를 제대로 읽고 해석하기만 하면 아무 어려움 없이 논제에 대답할 수 있다.

다시 제시문을 보라. 어떤 '상황들'이 나타나 있는가? 〈논제 1〉은 '상황들'이라는 복수형 명사를 썼다. 괜히 그렇게 쓴 게 아니다. 둘 이상의 상황이 있다는 이야기다. 논제를 꼼꼼하게 독해하지 않고 제시문에서 압도적 비중을 차지하는 상황 한 가지만 쓰면 그 수험생은 탈락의 위기에 빠진다. 출제자는 '원인을 분석하여 설명하라'고 했지만 사실은 텍스트를 요약하라는 요구일 뿐이다. 특별히 분석해야 할 것도 설명해야 할 것도 없다. 제시문을 제대로 요약하기만 하면 된다.

그렇다면 〈논제 2〉는 어떨까? 〈논제 2〉는 〈논제 1〉이 말한 '상황들' 중에 '농민들이 원거주지를 떠나는 상황'이 포함되어 있으며, 그런 일이 생긴 이유가 여럿 있다는 것을 암시한다. 만약 원인이 하나뿐이라면, 어느 것이 '핵심적인 원인'인지 추론하고 판단하라는 논제는 성립하지 않는다. 여러 원인 중에서 어느 것이 핵심 원인인지 판단하려면 근거가 있어야 한다. 그 근거는 수험생의 머리에 든 배경지식이 아니라 주어진 제시문과 그림에서 찾아야 한다. 여기서도 배경지식은 전혀 필요가 없다는 말이다.

〈논제 3〉 역시 마찬가지다. 〈논제 3〉에서는 '이주'와 '잔류'라는 서로 다른 선택 또는 행위를 비교하라고 요구한다. 그런데 여기서 비교해서 논해야 하는 것은 일반적인 이주와 잔류가 아니다. '제시문에 나타난 이주와 잔류의 행위'를 비교해야 한다. 그러려면 제시문에서 왜 사람들이 살던 곳을 떠나거나 떠나기를 거부하고 남았는지 살펴야 한다.

물론 사람들이 살던 곳을 떠나 다른 곳으로 가거나 살던 곳에 계속 사는 이유를 제시문과 상관없이 생각해 볼 필요는 있다. 하지만 그 생각만으로 글을 쓰면 논제와 관계없는 엉뚱한 답안을 쓰게 된다.

〈논제 3〉이 요구하는 대로 제시문에 나타난 이주와 잔류의 행위를 '비교해서 논하려면' 수험생이 나름의 비교 기준이나 평가 기준을 제시해야 하지만 그것도 배경지식과 직접적인 관련은 없다. 다시 말하지만 [문항 1]의 세 논제는 특별한 배경지식을 요구하지 않는다.

[문항 1]만 그런 게 아니다. [문항 2]와 [문항 3]도 마찬가지다. 38쪽으로 가서 [문항 2]를 다시 읽어 보자. 인문 계열 수험생 중에는 [문항 2]의 제시문을 보고 지레 겁먹는 사람이 있을 것이다. 수학 문제처럼 보이는 수식이 나오고 변수 x, y, z가 출몰하며 데이터를 사분면에 표시한 그래프까지 있기 때문이다. 하지만 긴장할 이유는 전혀 없다. 수식이나 그래프는 장식품에 지나지 않는다. 이 제시문이 다룬 주제와 중요한 개념만 이해하면 된다.

[문항 2] 제시문의 주제는 주민의 이질성과 공동체 의식의 관계다. 주민이 이질적일수록 공동체 의식이 희박하리라는 것은 쉽게 짐작할 수 있다. 그런데 이것을 증명하기란 그리 쉽지 않다. 주민의 이질성이나 공동체 의식의 수준을 측정하려면 지표가 있어야 한다. 제시문은 주민 이질성의 구성 요소를 언어 이질성과 소득 이질성으로 설정하고, 언어 이질성과 소득 이질성 그리고 공동체 의식의 수준을 측정하는 지표로 각각 언어 이질성 지표(x), 소득 이질성 지표(y), 자원봉사율(z)을 제시했다. 제시문은 이 세 가지 개념과 지표를 설명했다. 그리고 언어 이질성과 소득 이질성, 그리고 공동체 의식 사이에 인과관계가 있다는 가설을 세웠다.

제시문에 딸린 세 그래프는 국가 A의 여러 지역에서 측정한 x, y,

z값을 보여 준다. 이런 것은 수학과 상관이 없다. 고등학교 교과서에서 다루는 함수 관계, 인과관계, 상관관계 등의 기본 개념만 알면 제시문과 논제를 이해하는 데 아무 문제가 없다.

[문항 3]도 다르지 않다. 41쪽으로 가서 [문항 3]의 제시문과 논제를 다시 보고 돌아오자. 나폴레옹의 생애가 어떠했는지는 제시문 (가)에 나와 있다. 손금에 어떤 것이 있는지는 제시문 (나)가 이야기한다. 프랑스 혁명과 나폴레옹의 생애, 손금이나 운명론에 대한 배경지식은 없어도 된다. 제시문과 논제를 제대로 독해하기만 하면 출제자가 요구하는 대로 글을 쓸 수 있다.

거듭 말하지만, 수험생에게 필요한 것은 많은 배경지식을 쌓는 게 아니라 주어진 텍스트를 정확하게 독해하는 자세와 능력을 갖추는 것이다. 논술 시험을 잘 보려면 무엇보다도 제시문과 논제를 꼼꼼하게 읽어야 한다. 배경지식을 동원하기보다는 제시문이 제공하는 정보를 빠뜨리지 않고 활용하는 데 집중해야 한다. 배경지식을 불러내려고 애쓰기보다는 스스로 생각하려고 노력해야 한다.

제시문과 관련한 배경지식을 설명하는 데 많은 지면을 쓰는 논술 교재는 수험생을 오도할 우려가 있다. 학교나 학원에서 그런 식으로 시험 준비를 돕는다면 그 또한 매우 비효율적이다. 수험생 스스로 텍스트에서 의미 있는 정보를 찾아내 활용하는 능력을 키울 수 있도록 돕는 것이 최선이다. 이런 것은 학교 선생님, 학원 선생님, 부모와 가족, 아는 사람, 그 누구라도 할 수 있다. 도와줄 사람이 아무도 없으면 수험생들끼리 서로 도우면서 해도 된다.

3

답안을 설계하는 방법

조감도만 보고 건축 공사를 시작할 수 없다.

집을 지으려면 정밀하게 만든 설계도가 있어야 한다.

필요한 건축 자재를 미리 준비해야 한다.

설계에 구조적 오류가 있을지도 모르고 맞지 않는 건축 자재를 가져왔을 수도 있다.

문장 쓰기를 시작하기 전에 그런 오류가 있는지 여부를 최대한 확인해야 한다.

잘못된 것을 미리 바로잡아야 신속하고 정확하게, 깨끗한 답안을 작성할 수 있다.

지금까지 한 이야기의 핵심을 요약한다. 제시문과 논제를 독해하고 중요한 정보를 메모해 답안을 설계하는 데 시험 시간의 절반을 쓰라. 그리고 독해할 때는 배경지식을 불러내려고 애쓰기보다는 텍스트 자체가 주는 정보를 남김없이 파악하고 활용하는 데 집중하라. 그렇다면 이 정보를 활용해 답안을 설계하는 작업은 구체적으로 어떻게 해야 할까? 이제 이 질문에 대답하겠다.

읽고 생각하면서 메모하는 작업은 순차적으로 하는 게 아니라 한꺼번에 해야 한다. 그렇게 해서 만든 답안 설계도 또는 메모가 어떤 모양인지 살펴보자. 나는 내 자신이 수험생이라고 상상하면서 제시문과 논제를 읽고 문장을 만드는 데 쓸 정보를 메모했다. 빠뜨린 것이나 잘못 쓴 것이 없는지 점검하고 여러 차례 수정 보완 작업을 했다.

지면 낭비를 줄이기 위해 [문항 1]에 대해서만 그 과정 전체를 재현하겠다. 먼저 [문항 1]의 제시문과 세 논제를 독해하면서 만든 '최초 메모'를 차례차례 본다. 그다음에는 여러 차례 수정 보완해서 원고지에 문장으로 옮겨 쓰기만 하면 되는 '최종 메모'를 본다. 답안 작성을 위한 최종 메모는 해설 없이 세 논제 연속해서 한꺼번에 보아도 될 것이라 판단했다. [문항 2]와 [문항 3]은 최초 메모 없이 최종 메모만 본다.

이렇게 하는 이유는 제시문과 논제를 되풀이해 읽으면서 메모를 수정 보완하는 과정을 눈으로 볼 수 있도록 하기 위해서다. 독자들은 [문항 1]에서 최초 메모와 최종 메모가 어느 정도 그리고 어떻게 다른지 알아볼 수 있을 것이다. [문항 2]와 [문항 3]은 최종 메모에 있는 문장 교정 부호, 여백에 끼워 넣은 글자, 삭제한 흔적을 보고 최초 메모의 상태를 짐작할 수 있을 것이다. [문항 1]만 보고서도 독해와 메모 작성을 어떻게 하는지 충분히 이해했다고 느낀다면, 나머지 문항의 메모는 굳이 들여다보지 않아도 된다.

세 문항은 제시문과 논제의 유형이 각각 다르다. [문항 1]은 긴 제시문에서 핵심 정보를 추려 내는 능력을 보려고 한다. [문항 2]는 데이터를 활용해 가설이나 이론의 타당성 여부를 검증하는 논리적 추론 능력을 시험한다. [문항 3]은 일반적 현상에 비추어 특수한 사례를 해석하고, 자신이 한 해석을 타인의 시선으로 관찰하고 평가하기를 요구한다. 셋 모두 논술 시험에 흔히 나오는 문제 유형이다.

논술 시험의 '갑을 관계'

독자들은 뒤에서 답안 작성을 위해 만든 메모와 예시 답안을 보게 될 것이다. *우와, 어쩌면 이렇게 잘 쓸 수 있을까!* 그렇게 감탄하지 말기 바란다. *난 아무리 노력해도 이렇게는 못 해!* 그런 좌절감도 느끼지 않기를 바란다. 왜? 앞에서 만든 시간표대로라면 실전에서 세 문항의 메모를 만드는 데 쓸 수 있는 시간은 모두 합쳐 140분도 되지 않는다. 전체 시험 시간 300분에서 시간표를 짜는 데 들어간 20분을 빼면 280분이 남고 그 절반이 140분이다. 그런데 나는 메모를 만드는 데 그보다 훨씬 더 긴 시간을 썼다. 독자들에게 되도록 잘 만든 메모를 보여 주려고 하다 보니 그렇게 되었다. 세 문항의 예시 답안을 쓰는 데도 140분이 넘는 시간을 들였다. 잘 쓴 답안을 보여 주려고 하다 보니 마찬가지로 그렇게 되었다.

이 이야기를 왜 하냐면, 어떤 수험생도 실전에서 그런 답안을 쓸 수 없다는 말을 하고 싶어서다. 글쓰기가 직업인 내가 시험을 봐도 마찬가지다. 논술 시험 문제를 출제하는 대학교수들 역시 다르지 않을 것이다. 솔직하게 터놓고 말하면, 이 논술 문제는 일종의 '갑질'이다. 대학 당국과 출제 교수는 '갑'이고 수험생은 '을'이다. '갑'은 자기 자신이 수험생이라도 주어진 시간 안에 제대로 풀지 못할 정도로 어려운 시험 문제를 출제한다. 고등학교 선생님들은 '을'에게 이런 문제를 풀 수 있는 훈련 기회를 제공하지 않는다. 그래서 '을'의 부모는 이런 문제에 대처하기 위해 '을'의 과외비나 학원비를 지불해야 한다.

여기서 '을'은 대입 수험생만이 아니다. 어떤 이유에서든 논술 시험을 쳐야 하는 모든 사람이 '을'이다. 국가 기관과 민간 기업이 시행하는 논술 시험도 출제 업무는 외부 용역을 주는 게 보통이다. 용역 의뢰를 받아 시험 문제를 내고 채점하는 사람은 대입 논술 시험 문제를 출제하는 대학교수들이 대부분이다. 우리나라에서 시행하는 모든 종류의 논술 시험에서 '갑'은 사실상 동일인인 셈이다. '을'에게는 아무런 선택권이 없다. 저항할 방법도 없다. 무조건 '갑'의 요구와 취향에 맞추어야 한다.

대학교수와 수험생의 '갑을 관계'를 비난하려는 게 아니다. 논술 시험을 치르는 모든 '을'에게 격려를 보내고 싶어서 그런다. 나는 독자들이 좌절하지 않기를 바란다. 이 책에서 보여 주는 예시 답안에 미치지 못하는 글을 써도 좋은 점수를 받을 수 있다. 논술 시험은 어차피 상대 평가를 위한 것이다. 절대적인 기준으로 훌륭한 글을 쓰지 않아도 괜찮다. 독자들은 뒤에서 내가 쓴 예시 답안을 보기 전에 [문항 1]을 풀이한 다른 예시 답안을 먼저 볼 것이다. 누가 쓴 글인지는 나중에 이야기하자. 그 예시 답안이 그리 훌륭하지 않다는 사실이 독자들에게 위로와 격려가 된다면 좋겠다.

[문항 1] 답안 설계

제시문과 논제에 집중하자

지금부터 [문항 1]의 제시문과 논제를 독해하고 답안 작성의 기초가 될 메모를 만들어 보자. 먼저 〈논제 1〉이다. 여기서는 '제시문에 나타난 상황들의 원인을 분석하여 설명'해야 한다. 제시문은 두 가지 상황을 보여 준다. 첫째, 목화를 주로 재배하던 미국 중서부 스텝 지역의 농민들이 생존을 도모하기 위해 살던 곳을 떠난다. 제시문의 대부분은 이 상황을 묘사했다. 둘째, 서부로 이주해 간 농민들은 또 다른 고통에 직면했다. 그들은 이주해 간 곳에서도 생존을 확보하지 못했다. 일자리를 얻기 어려웠으며 일자리를 얻어도 넉넉한 임금을 받지 못했다. 이 상황은 제시문 후반부에 나오며 분량이 적다. 하지만 전반부와는 전혀 다른 공간에서 벌어지는 전혀 다른 상황을 보여 주고 있다는 사실을 놓치면 안 된다.

〈논제 1〉에 대답하려면 이 두 가지 상황과 그 원인을 제시문에서 읽어 내야만 한다. 이게 어려운 과제라고 생각하는가? 무슨 배경지식이 필요한가? 그렇지 않다. 최소한의 독해력만 있으면 이 정도의 과제는 문제없이 해낼 수 있다. 배경지식을 뽐낼 일도 없고, 멋진 문장력을 보이려고 애쓸 이유도 없다. 수험생이 해야 할 일은 제시문과 논제를 꼼꼼하게 독해하는 것 한 가지뿐이다. 우리는 뒤에서 이 한 가지 과제를 제대로 하지 못한 예시 답안을 보게 될 것이다.

75쪽은 〈논제 1〉의 요구에 응답하기 위해 제시문을 독해하면서 중요한 정보를 메모한 것이다. 이 최초 메모는 여백을 많이 두고 썼다. 최종 메모를 완성할 때까지 여러 차례 정보를 추가로 넣거나 수정해야 하므로 여백이 좁으면 곤란하다. 그래서 최초 메모는 이렇게 여백을 많이 두고 써야 한다.

이 최초 메모를 만들 때 나는 〈논제 2〉를 미리 고려했다. 〈논제 2〉는 두 상황 가운데 첫 번째, 다시 말해서 농민들이 살던 곳을 떠난 여러 원인 가운데 핵심 원인이 무엇인지 말하라고 요구한다. 이것은 〈논제 1〉에서 언급할 첫 번째 상황의 원인이 둘 이상이라는 것을 의미한다. 아울러 〈논제 2〉를 손쉽게 쓰려면 〈논제 1〉 답안을 설계할 때 첫 번째 상황의 여러 원인 가운데 무엇이 핵심 원인인지 미리 파악해야 한다는 것을 암시한다. 〈논제 2〉에 효율적으로 대처하려면 〈논제 1〉에서 첫 번째 상황의 원인 중 핵심 원인을 분리 서술해 두어야 한다. 앞에서 같은 문항에 여러 논제가 있을 경우 모든 논제의 답안을 한꺼번에 설계하라고 권한 이유가 바로 여기에 있다. 같은 문항에 딸린 논제는 서로 얽혀 있다는 것을 잊지 말자.

이렇게 〈논제 1〉 최초 메모를 다 만든 다음 〈논제 2〉로 넘어간다. 〈논제 2〉는 '주민들이 원거주지에서 살기 어렵게 된 가장 핵심적인 원인이 무엇이라고 생각하는지 근거를 들어 논하라'는 것이다. 〈논제 1〉을 제대로 처리했다면 〈논제 2〉는 그 연장선에서 가볍게 해결할 수 있다.

〈논제 1〉 메모에서 농민들이 살던 곳을 떠난 원인을 세 가지로 정리했다. 첫째는 가뭄이다. 비는 오지 않고 먼지바람이 불고 우물은 말라붙었다. 일반적인 용어로 하면 '자연재해' 또는 '자연적 요인'이라 할 수도 있다. 둘째는 과도한 개간과 목화 단일 재배로 인해 땅이 죽은 것이다. '토양 생태계 파괴' 또는 '생태학적 요인'이라는 말을 쓸 수 있다. 셋째는 경제 대공황으로 경영 위기에 봉착한 지주들이 적자를 면하거나 이윤을 확대하기 위해 소작농을 내쫓고 트랙터를 도입해 경작 단위를 대형화한 것이다. '영농 기계화' '경작 단위 대형화' '사회경제적 요인' 같은 용어를 쓸 수 있다. 이것이 〈논제 1〉의 답안에 이미 들어가 있어야 한다. 글자를 낭비하지 않으려면 중복을 피해야 하기에 〈논제 2〉 답안에서는 세 가지 원인을 핵심 단어로 간단명료하게 요약하고 그 가운데 핵심 원인을 지목하면 된다. 여기까지는 사실상 〈논제 1〉의 반복이다. 〈논제 2〉에서 출제자가 요구하는 것은 그렇게 판단한 근거를 제시문과 그림에서 찾아 이야기하라는 것이다. 주관적인 감상은 늘어놓을 필요도 없고 그럴 여유도 없다.

[문항 1]의 〈논제 1〉 최초 메모

[문항1] 세 논제 합쳐 2,200자 이내
<논제1> 제시문의 상황들과 원인

상황1 : 농민이주. 농촌의 붕괴
원인
① 가뭄

② 땅이 죽음. 개간. 목화 재배

③ 트랙터, 소작지 빼앗김

상황2 : 서부(이주해간 지역)에 일자리
없고 임금 낮다
원인
① 노동력의 과잉공급 (농민 유입)

② 노동자들 주장. 조직 없음.

가뭄이라는 자연재해는 농민들이 살던 곳을 떠나게 만든 중요한 원인이다. 그러나 강수량 그래프에서 보이듯 가뭄이 찾아드는 것은 그 지역의 기후 특성이며 1930년대 이전과 이후에도 계속 반복되었다. 그러나 다른 때는 제시문이 묘사한 것과 같은 대규모 이주와 농촌 해체 현상이 일어나지 않았다. 과도한 개간과 목화 단일 재배로 인한 토양 생태계 파괴도 중요한 원인이다. 그러나 그것 역시 오래전부터 진행되어 온 장기적 현상이기 때문에 이 시기의 대규모 이농을 설명하는 핵심 원인으로 보기는 어렵다. 결국 핵심 원인은 농산물 가격이 폭락한 대공황 시기에 지주들이 경영 적자를 면하거나 더 많은 이윤을 얻기 위해 소작농을 내쫓고 트랙터를 도입해 경작 단위 면적을 확대하는 등 경영 방식을 바꾼 것이라고 보는 게 타당하다.

〈논제 2〉는 '핵심적인 원인이 무엇이라고 생각하는지 근거를 들어 논하라'고 요구했다. 핵심 원인이 대공황 시기의 사회 경제적 변화라는 판단을 말하는 것만으로는 충분하지 않다. 그렇게 생각한 이유를 제시문과 그림에서 찾아 제시해야 한다. 다른 두 원인을 핵심 원인에서 배제하는 이유를 설명하고 영농 기계화, 경작 단위 대형화와 같은 사회 경제적 요인을 핵심 원인으로 지목하면 되는 것이다. 여기서도 배경지식을 동원하려고 애쓸 필요가 전혀 없다. 제시문과 그림을 깊이 들여다보기만 하면 된다. 다음은 〈논제 2〉 답안을 쓰기 위해 만든 최초 메모다.

〈논제 2〉 최초 메모를 다 만들었으면 이제 〈논제 3〉으로 넘어간다. 〈논제 3〉은 "제시문에 나타난 '이주'와 '잔류'의 행위를 비교하여

[문항 1]의 〈논제 2〉 최초 메모

[문항 1]

〈논제 2〉 농촌붕괴의 핵심원인

* 〈논제 1〉에서 언급한 원인

① 가뭄

② 토양 황폐화

③ 트랙터 도입·소작지 박탈.

* 핵심원인은 ③. 왜?

① 가뭄: 다른 시기에도

② 토양황폐화는 장기지속된 문제

①②는 대공황기 농촌붕괴 설명 어려워

⇒ ③영농기계화·경작단위 확대·대공황기 농산물가격 하락 등 사회경제적 요인이 핵심원인임

논하라"고 요구한다. 여기서도 '제시문에 나타난'이라는 말을 눈여겨 보자. 이주와 잔류에 관한 일반론을 펼치는 데 그치지 말라는 것이다. 물론 이주와 잔류에 대한 일반론도 살펴볼 필요는 있다. 하지만 그게 핵심은 아니다. 〈논제 3〉의 핵심 과제는 제시문에 나타나 있는 이주와 잔류의 행위를 분석, 비교, 평가하는 것이다. 일반론은 이 과제를 수행하는 데 필요한 만큼만 활용해야 한다.

제시문에는 농민들이 살던 곳을 떠나 서부로 이주한 여러 가지 이유가 구체적으로 나온다. 소작지를 빼앗겼다거나, 가뭄으로 흉년이 들어 먹고살 길이 없어졌다거나, 상점에 갚을 수 없는 빚을 졌다거나, 계속 농사를 짓고 싶다면 그리하라고 지주 대리인이 말하는데도 농사를 지어 봐야 먹고살 전망이 서지 않았다는 등, 한마디로 정리하면 경제적으로 생존하기가 어려워서 살던 곳을 떠난 것이다.

그러나 모든 농민이 다 떠난 것은 아니었다. 제시문에는 나오지 않지만, 어떤 이유에서든 계속 생존할 수 있었기 때문에 낯설고 모든 것이 불확실한 서부로 무작정 이주하기보다는 살던 곳에 잔류하기로 한 농민들도 있었을 것이다. 어쨌든 형식으로만 보면 누구도 농민들을 강제로 쫓아내지는 않았다. 소작지를 빼앗고 소작인을 내쫓은 행위조차도 지주들이 토지에 대해 정당한 소유권을 행사한 것이다. 이주하든 잔류하든, 농민들 스스로 장단점을 살핀 끝에 스스로 자유롭게 선택했다고 할 수 있다. 각자가 처한 환경과 나름의 판단에 따라 이주와 잔류 가운데 하나를 선택한 것이다.

여기까지가 거주 이전의 자유를 보장하는 민주주의 국가에서, 이주와 잔류라는 선택의 이유와 동기를 설명할 수 있는 일반론이다. 이렇게 쓸 수는 있다. 그러나 여기서 멈추면 출제자의 요구에 아예 응답하지 않은 것이나 마찬가지다. 제시문에 등장하는 농민들의 이주는 법적으로 자유로운 선택일지 모르나 사회 경제적으로는 강제된 것이었다. 이것이 제시문에 나타난 대공황기 미국 중서부 스텝 지역 농민들의 이주 행위에 대한 구체적이고 현실적인 설명이다. 이 점을 지적해야 한다.

그렇다면 잔류는 어떤가? 살던 곳에서 그대로 살기로 결정한 농민들이 왜 그랬는지 이유를 추정해서 말할 수는 있다. 그러나 그것은 어디까지나 일반론일 뿐 제시문에 나타난 잔류 행위는 아니다. 제시문에 구체적으로 나타난 잔류 행위는 딱 하나뿐이다. 조드의 대화 상대였던 사람이다. 그는 캘리포니아로 이주하는 게 훨씬 나을 것이라고 확신하면서도 이주를 거부하고 잔류를 선택했다. 지주 쪽에서 떠나라고 요구하면서 소작인들을 강제로 쫓아냈기 때문이다. 떠나라는 요구를 받지 않았다면 진작 캘리포니아로 떠났을 텐데 그런 말을 들었기 때문에 떠날 수가 없다고 그는 말한다.

이 사람에게 잔류는 경제적 계산에 따른 선택이 아니었다. 인간적 자존심, 인격적 존엄, 삶의 주체로서 마땅히 누려야 할 자유를 지키기 위한 선택이었다. 이 사례는 물질적 이해타산만이 인간의 선택을 좌우하는 요소가 아니란 걸 보여 준다. 이것이 제시문에 나타난 잔류 행위에 대해서 내릴 수 있는 해석이다. 물론 이것은 생각할 수 있는 해석 가운데 하나일 뿐이다. 다른 방식으로 해석할 수도 있다. 그러나 어떻게 해석하든 이것이 제시문에 나타난 유일한 잔류 행위라는 점은 분명하게 서술해야 할 것이다. 다음은 그렇게 제시문과 논제를 독해하면서 잔류와 이주를 비교 평가한 〈논제 3〉의 최초 메모다.

지금까지 [문항 1]의 세 논제에 대한 답안을 설계한 최초 메모 또는 1차 메모를 보았다. 독자들은 〈논제 1〉에서 〈논제 3〉까지의 내용이 전부 연결되어 있다는 사실을 확인했을 것이다. 〈논제 1〉 답안을 완전한 문장으로 다 쓴 다음에 〈논제 2〉 설계를 시작하는 게 아니라, 〈논제 1〉부터 〈논제 3〉까지 한꺼번에 답안을 설계하라고 한 것은 바로 그 때문이었다. 두괄식이니 미괄식이니 수미 상관이니 하는 논술문 구조는 고민할 필요가 없다. 귀류법이니 삼단 논법이니 하는 논증의 기술을 몰라도 된다. 논제를 제대로 이해하고 출제자가 무엇을 요구하는지 파악해서 한 걸음씩 전진하면 저절로 논술문의 구조가 만들어진다.

아직 우리는 답안을 보지 않았다. 답안 작성을 위해 만든 조감도 비슷한 것을 보았을 뿐이다. 여기서 곧바로 문장 쓰기를 시작하면 안 된다. 조감도만 보고 건축 공사를 시작할 수 없다. 집을 지으려면 정밀하게 만든 설계도가 있어야 한다. 필요한 건축 자재를 미리 준비해야 한다. 설계에 구조적 오류가 있을지도 모르고 맞지 않는 건축 자재를 가져왔을 수도 있다. 문장 쓰기를 시작하기 전에 그런 오류가 있는지 여부를 최대한 확인해야 한다. 잘못된 것을 미리 바로잡아야 신속하고 정확하게, 깨끗한 답안을 작성할 수 있다. 시간표에서 할당한 50분을 아직 다 쓰지 않았다면 제시문과 논제를 다시 읽고 메모를

[문항 1]의 〈논제 3〉 최초 메모

[문항 1]
〈논제 3〉 제시문의 이주/잔류 비교평가

* 일반론: 이주/잔류는 경제적 이해 타산 입각한 자발적 선택

* 제시문의 이주와 잔류 행위

① 이주: 가뭄·흉작·채무·소작지 박탈
⇒ 사실상 강제된 것으로 보아야!

② 잔류: 조드의 대항 상대에 유일 사례
•캘리포니아 이주할 생각 있었으나
•떠나기를 강요하는 지주들에 대항하려고 잔류를 선택

⇒ 인간은 경제적 계산의 노예가 아님
자존감·자유·인격적 존엄도 중요.

보면서 더 다듬고 더 보완해야 한다.

다음은 그렇게 작업해서 완성한 최종 메모다. 〈논제 1〉부터 〈논제 3〉까지 수정 보완한 메모를 한눈에 볼 수 있게 연속적으로 배열했다. 이처럼 상세하게 정보를 메모하면 문장을 만들기가 수월하다. 논제마다 700자 정도 쓰려면 메모 분량도 비슷하게 맞추어야 한다. 메모 분량이 비슷하면 답안 분량도 비슷해지기 마련이다. 최초 메모는 〈논제 2〉의 분량이 많은 편이었지만 중복되는 내용을 〈논제 1〉에 집중하자 분량이 비슷해졌다.

[문항 1]의 〈논제 1〉 최종 메모

[문항1] 세 논제 합쳐 ~~2,200자 이내~~ 2,100자로!

<논제 1> 제시문의 상황들과 원인

미국 중서부 스텝지역

* 상황 1 : 농민이주 · 농촌의 붕괴

원인 (포괄적으로는 경제적 생존 불가능)

① 가뭄 : 자연재해 또는 자연환경 악화

② 땅이 죽음. 과도한 개간과 목화 단일작물 재배로 인해

⇒ 생태학적 요인 / 토양생태계 파괴?

③ 트랙터, 소작지 빼앗김

대농장 견디려면 지주들도 생산비 줄여야

⇒ 트랙터(영농기계화), 경작단위 확대

* 상황 2 : 서부(이주해 간 지역)에 일자리 없고 임금 낮다

원인

① 노동력의 과잉공급 (농민 유입)

- 단기간에 너무 많은 농민 서부 유입.
- 일자리 부족과 임금하락 불가피

② 노동자들 주장 · 조직 없음.

- 농민이 노동자 되었으나 노동조합 · 지도자 없이 자기네끼리 임금인하 경쟁

⇒ 실업자는 물론, 취업자도 안정적 생존 X

[문항 1]의 〈논제 2〉 최종 메모

[문항 1]
〈논제 2〉 농촌붕괴의 (대규모 농민이주(이농)) 핵심원인

*〈논제 1〉에서 열거한 원인
① 가뭄 (자연적 요인, 기후환경 요인)
② 토양 황폐화 (생태학적 요인)
③ 트랙터 도입 · 소작지 박탈 (사회경제적 원인)

* 핵심원인은 ③. 왜? ⇒ ①과 ② 배제 이유
① 가뭄 : 다른 시기에도 있었다.
· 1933-1940 강수량 부족, 1935년은 평균절반
· 그 이전과 이후에도 지속 반복되었으나 1930년대와 같은 대규모 이농 없었다
② 토양황폐화는 장기지속된 문제
· 과도한 개간과 목화단일작목재배는 오래 지속된 것. 1930년대 새로 등장한 문제아님
⇒ ①②는 대공황기 농촌붕괴 설명 어려워
⇒ ③ 영농기계화 · 경작단위 확대 · 대공황기 농산물가격 하락 등 사회경제적 요인이 핵심원인임 (1930년대 농촌 해체의)
① 가뭄 ② 토양황폐화도 원인임에는 분명하나 핵심원인은 ③의 사회경제적 요인 하나로 압축해야!

[문항 1]의 〈논제 3〉 최종 메모

[문항 1]
〈논제 3〉 제시문의 이주/잔류 비교평가

* 일반론: 이주/잔류는 경제적 이해타산 입각한 자발적 선택
• 이주: 취업의 잠재적 기회. 그러나 불확실
• 잔류: 익숙한 환경, 그러나 생존 어려움

* 제시문의 이주와 잔류행위
도주 ← → 추방
① 이주: 가뭄·흉작·채무·소작지 박탈
⇒ 사실상 강제된 것으로 보아야!
자발적·자유로운 선택은 신규소득 없이 한동안이라도 살던 곳에서 견딜 수 있는, 어떤 자산을 가진 사람에게만 해당하는
② 잔류: 조드의 대화상대나 유일 사례
• 캘리포니아 이주할 생각 있었으나
• 떠나기를 강요하는 지주들에 대항하려고 잔류를 선택.
⇒ 이 사람의 잔류행위는 경제적 이해타산의 결과나 아니지만 자발적인 것.
⇒ 인간은 경제적 계산의 노예가 아님.
자존감·자유·인격적 존엄도 중요.

[문항 2] 답안 설계

수식과 그래프에 겁먹지 말자

[문항 1]의 세 논제를 다루면서 배경지식을 불러내려고 애쓰지 말고 제시문과 논제를 정확하게 독해하는 데 집중하라고 조언했다. 이제 똑같은 방식으로 [문항 2] 세 논제의 답안을 작성하는 데 필요한 메모를 만든다. 38쪽으로 돌아가서 [문항 2]의 제시문과 논제를 다시 읽어보자. 제시문은 사실 독해할 것이 별로 없다. 공동체 의식, 언어 이질성, 소득 이질성의 개념과 그것을 측정하는 데 사용할 지표 세 가지를 설명한 것이 전부다.

제시문의 핵심은 텍스트가 아니라 언어 이질성과 소득 이질성 그리고 공동체 의식의 '가설적 인과관계'를 나타낸 그림과 국가 A에 있는 N 개의 지역에서 측정한 세 가지 지표값을 나타낸 그래프들이다.

변수 x(언어 이질성 지표), y(소득 이질성 지표), z(자원봉사율)의 개념은 제시문에 있는 그대로 이해하면 된다. 그것을 답안에 쓸 필요는 없다. 출제자는 수험생들이 그 개념을 다 이해했다는 것을 전제하고 논제를 제시했다. 이 세 변수를 화살표로 연결한 그림은 아래와 같이 해석할 수 있다.

언어 이질성은 소득 이질성을 확대하는 원인이 된다. 주민들이 쓰는 언어의 이질성이 심한 지역일수록 소득 이질성 지표인 지니계수가 높다. 언어 이질성 지표(x)에서 지니 계수(y)를 향해 가는 화살표는 두 현상이 인과관계에 있다는 것을 의미한다.

언어 이질성은 또한 공동체 의식 형성을 저해한다. 주민들이 쓰는 언어적 이질성이 심한 지역일수록 자원봉사에 참여하는 주민의 비율이 낮다. 언어 이질성 지표(x)에서 자원봉사율(z)을 향해 가는 화살표는 두 현상 사이의 인과관계를 나타낸다.

한편 소득 이질성도 공동체 의식을 떨어뜨리는 원인이 된다. 소득 이질성이 높은 지역일수록 주민들의 자원봉사율이 낮다. 지니계수(y)에서 자원봉사율(z)을 향해 가는 화살표는 둘 사이에 인과관계가 있음을 의미한다.

언어 이질성은 직접적으로 공동체 의식 형성을 저해할 뿐만 아니라 소득 이질성 확대를 통해 간접적으로도 공동체 의식을 해친다.

제시문은 '가설적 인과관계'의 뜻을 설명하지 않았다. 그 정도는 수험생이 알고 있어야 마땅하다고 본 것이다. 여기서 '가설적'이라는 수식어는 세 변수 사이의 인과관계가 아직 증명되지 않았다는 것을 의미한다. 가설이 타당한지 증명하려면 현실의 데이터를 보아야 한다. 가설이 데이터의 흐름을 제대로 설명하면 타당성을 인정할 수 있다. 국가 A의 N 개 지역에 대해서 조사한 세 변수의 값이 바로 그런 데이터다. 그래프 1-a, 1-b, 1-c는 아래와 같이 해석해야 한다. 하나 주의할 것이 있다. 그래프 가로축의 '언어 이질성'이라는 말은 '언어 이질성 지표'로 해석해야 한다. 이것은 출제자들이 '언어 이질성'이라는 개념과 '언어 이질성 지표'라는 측정 도구를 뒤섞어 쓴 탓에 생긴 표현의 오류다.

> *국가 A의 N 개 지역을 조사한 데이터는 언어 이질성과 소득 이질성, 소득 이질성과 공동체 의식, 그리고 언어 이질성과 공동체 의식 사이에 인과관계가 존재할 가능성을 보여 준다. 언어 이질성 지표(x)의 값이 높은 지역일수록 소득 이질성 지표인 지니 계수(y)가 높게 나타났다. 지니 계수(y)가 높은 지역일수록 공동체 의식 지표인 자원봉사율(z)이 낮았다. 또 언어 이질성 지표(x)가 높은 지역일수록 자원봉사율(z)이 낮았다. 이 결과는 제시문의 가설적 인과관계를 뒷받침한다. 다만 한 국가의 데이터만으로는 증명했다고 할 수 없다. 더 많은 국가를 측정한 데이터를 보아야 한다.*
> *뿐만 아니라 소득 이질성과 공동체 의식의 관계도 확정적으로 말하기 어렵다. 그 둘은 인과관계가 아니라 상관관계만 있을지도*

모른다. 언어 이질성이라는 하나의 원인이 동시에 두 현상을 만들어 내면 그래프 1-b와 같은 데이터가 나올 수 있다. 이 경우 제시문의 그림에는 지니 계수(y)에서 자원봉사율(z)로 가는 화살표가 존재하지 않는 것으로 보아야 한다.

헐, 대단하다. 〈논제 1〉의 세 그래프만 보고 이렇게 입체적으로 해석하다니! 그렇게 놀라지 말라. 〈논제 1〉만 보고는 이렇게 해석하기 어렵다. 〈논제 2〉와 〈논제 3〉을 봐야 비로소 〈논제 1〉을 정확하게 해석할 수 있다. 다만 〈논제 2〉와 〈논제 3〉에서 이와 같은 해석의 단서를 찾으려면 '상관관계'와 '인과관계'의 개념을 알고 있어야 한다. '교과서에서 다루고 있는 주요 개념에 대한 충실한 이해 정도와, 이를 바탕으로 한 논리적 사고력과 추론 능력, 나아가 창의적 사고력을 평가할 수 있는 문항을 출제하기 위해 노력하였다'고 말했을 때, 문제를 만든 교수가 생각한 '교과서에서 다루고 있는 주요 개념'이란 바로 이런 것이다.

〈논제 1〉은 수험생이 제시문에 있는 x, y, z 세 지표의 개념과 화살표 그림의 의미를 제대로 이해하는지, 그리고 그 바탕 위에서 그래프 1-a, 1-b, 1-c를 해석할 수 있는지 여부를 알아보는 간단한 질문이다. '가설' '인과관계' '상관관계'가 무엇인지 알면 큰 어려움 없이 대답할 수 있다. 다시 한 번 강조한다. 제시문의 수식과 그래프에 겁먹지 말자. 자신이 '문과 성향'이라고 믿는 사람일수록 이런 유형의 제시문에 위축되는 경향이 있는데, 그래야 할 이유가 없다. 인문 계열 논술 시험은 출제 교수도 인문학 분야를 전공했기 때문에 난해한 수학이나 통계학 이론을 사용할 리 없다고 믿으면서 마음을 편히 가져야 한다. [문항 2]의 수식과 그래프는 기껏해야 제시문과 논제를 '무언가 좀 있어 보이게' 만드는 장식품에 지나지 않는다.

그런데 〈논제 1〉에 제대로 대답하려면 〈논제 2〉와 〈논제 3〉을 이해하고 있어야 한다. 〈논제 2〉에 나오는 그래프가 제시문의 가설적 인과관계 성립 여부를 판단하고 〈논제 1〉의 데이터를 해석하는 데 필요한 정보를 제공하기 때문이다. 〈논제 1〉만 보면 무엇을 어디까지 쓰라는 것인지 판단하기 어렵다. 물론 능력이 빼어난 수험생이라면 〈논제 2〉를 보지 않고도 〈논제 1〉을 해결할 수 있을 것이다. 하지만 그런 사람도 〈논제 2〉를 알면 〈논제 1〉을 더욱 수월하게 처리할 수 있다.

〈논제 2〉는 국가 B에서 측정한 데이터를 보여 주면서 〈논제 1〉에서 이야기한 가설적 인과관계를 참고하여 국가 A와 국가 B의 데이터 분석 결과가 어떻게 다른지 이야기하라고 요구한다. 국가 B에서 측정한 데이터를 나타낸 그래프는 국가 A의 것과 일부는 같고 일부는 다르다. 〈논제 2〉를 보면 다른 나라에서는 모두 국가 B와 같은 그래프가 나왔다는 정보를 추가로 알 수 있다. 국가 A가 예외 또는 비정상이라는 뜻이다. 이런 사실을 알아야 〈논제 1〉을 제대로 해석할 수 있다.

그래프 1-a와 2-a, 그래프 1-b와 2-b는 각각 서로 다르다. 그러나 그래프 1-c와 2-c는 거의 같다. 변수 x, y, z의 값을 측정한 모든 나라에서 언어 이질성 지표가 높은 지역일수록 자원봉사율이 낮게 나타난 것이다. 그런데 국가 A를 제외한 다른 나라에서는 언어 이질성 지표와 지니 계수가 아무 관련이 없는 것으로 나타났다. 지니 계수와 자원봉사율의 관계도 마찬가지였다. 결국 국가 A에서만 특수하게 언어 이질성 지표가 높은 지역일수록 지니 계수가 높았고, 지니 계수가 높은 지역일수록 자원봉사율은 낮았던 것이다.

제시문에서 설정한 가설적 인과관계는 결국 일부만 성립한다. 모든 국가에서 성립하는 인과관계는 언어 이질성이 공동체 의식을 저해하는 원인이 된다는 것 하나뿐이다. 이렇게 판단하는 근거는 국가 A와 B를 포함한 모든 나라에서 언어 이질성 지표가 높은 지역일수록 자원봉사율이 낮게 나타났다는 사실 때문이다.

〈논제 2〉는 여기까지면 충분하다. 그러나 한 걸음 더 나아가면 왜 국가 A에서만 다른 데이터가 나왔는지 이유를 추론할 수 있다. 그렇게 해 두면 〈논제 3〉으로 자연스럽게 글을 연결할 수 있다. 국가 A에서 언어 이질성 지표가 높은 지역일수록 지니 계수가 높게 나타난 것은, 언어(또는 민족, 인종, 문화)의 차이를 이유로 한 사회 경제적 차별이 존재한다는 것을 의미한다. 소득 이질성과 자원봉사율 사이에 인과관계가 있는 것처럼 데이터가 나온 것도 바로 그 때문이다.

국가 A에는 언어를 기준으로 한 사회 경제적 차별이 있기 때문에, 언어 이질성 지표가 높은 지역일수록 지니 계수는 크고 자원봉사율은 낮게 나타났다. 높은 지니 계수와 낮은 자원봉사율은 같은 원인 때문에 생긴 서로 다른 현상일 뿐이다. 둘 사이에는 상관관계가 있을 뿐 인과관계는 없다. 국가 A에서 언어 이질성 지표가 높은 지역일수록 자원봉사율이 낮게 나온 것은 정상이다. 그러나 그런 지역일수록 지니 계수가 높은 것은 다른 나라에 없는 비정상적인 현상이다. 국가 A는 현실의 어떤 나라와 비슷한가? 인종 차별이 있는 미국이나 남아프리카공화국 같은 나라다. 국가 B는 어떤 나라일까? 주민들이 여러 언어를 쓰지만 인종 차별이 없거나 약한 나라다. 캐나다, 스위스를 떠올리면 된다. 〈논제 2〉의 말미에 이런 점을 가볍게 지적해 두면 〈논제 3〉으로 순조롭게 넘어갈 수 있다.

〈논제 3〉은 〈논제 1〉이나 〈논제 2〉보다 어렵다. 제시문에 들어 있는 정보만 가지고는 대답할 수 없기 때문이다. 국가 A가 현실의 어떤 나라와 비슷한지, 국가 B는 또 어떤 나라와 닮았는지 생각해 보아야 한다. 공동체 의식을 높이려면 언어 이질성을 근원적으로 해소하거나, 언어 이질성을 용인하면서도 그 악영향을 줄이는 정책을 써야 한다. 그러나 국가 A는 그런 일반적 해법만으로는 충분하지 않다. 인종과 언어의 차이를 이유로 한 사회 경제적 차별을 해소하는 대책이 추가로 필요하다. 〈논제 3〉에서는 그런 정책을 상상하고 제안하면 된다. 실현 가능성까지 따질 필요는 없을 것이다.

[문항 2]에는 70분을 할당했다. 35분 동안 [문항 1]에서 했던 것과 동일한 방식으로 메모를 만들었다. 최초 메모와 그것을 수정 보완한 최종 메모가 어떻게 달라지는지는 이미 보여 준 만큼, 문장을 쓰기 직전 상태의 완성된 메모만 보기로 한다.

[문항 2]의 〈논제 1〉 최종 메모

[문항2] 세논제 합쳐 1,400자로!
〈논제 1〉 그래프 1-a, 1-b, 1-c 해석
x(언어이질성지표), y(지니계수), z(자원봉사율)

① 그래프 1-a

· x가 높은 지역일수록 y가 크다. 주민들의 언어가 이질적인 지역일수록 소득이 더 불균등하다.

② 그래프 1-b

· y가 큰 지역일수록 z가 낮다. 소득이 더 불균등한 지역일수록 공동체의식이 미약하다.

③ 그래프 1-c

· x가 높은 지역일수록 z가 낮다. 주민들의 언어가 이질적인 지역일수록 공동체 의식이 미약하다.

*그러나 이유는 분명하지 않음(인과관계이냐 상관관계?)
x → y : 언어이질성이 소득불균등을 악화시키는 원인인지,
y → z : 소득불균등 때문에 공동체의식이 약해지는지
x → z : 언어가 다른 것이 공동체의식을 해치는 원인인지는 아직 알 수 없음

[문항 2]의 〈논제 2〉 최종 메모

[문항 2]

〈논제 2〉 국가 A와 B 데이터 차이 분석

① 그래프 2-a : 국가B에서 x와 y 무관
국가B나 다른 국가와 달리 국가A에서만
x→y인 것은, 국가 A에 언어를 경계로 하는
사회경제적 차별이 있음을 의미함.

② 그래프 2-b : 국가B에서 y와 z 무관함
국가B와 다른 국가에서와 달리 국가A에서
y→z 인 것은: 인과관계가 아니라 차별
때문에 생긴 상관관계를 보여줌

③ 그래프 2-c : 국가B에서도 x 높으면 z 낮음
모든 나라에서 언어가 이질적인 지역일수록
공동체의식이 약하다.

※ 다른 많은 국가 데이터도 B와 같다.
⇒ 언어이질성은 공동체의식을 약화시키는 원인!

* 가설적 인과관계를 검토한 결과 분석

• 모든 국가에서 x → z 성립(인과관계)
• x→y, y→z는 국가 A에서만 관찰됨

* 국가A : 미국, 남아공 등] 현실의 사례
  국가B : 스위스, 캐나다 등

* 언어(차이)는 민족·인종·문화 차이와 관련됨

[문항 2]의 〈논제 3〉 최종 메모

[문항2]
〈논제3〉 공동체의식 제고방안(근거제시)

〈논제1〉〈논제2〉에서 언어이질성과
공동체의식 사이에 인과관계 확인함
정책은 원인을 없애는 것, 증상을 줄이는 것.

* 공동체의식 제고 방안

① 언어이질성 그 자체의 해소(완화)
· 공용어 지정; 공용어 사용 강제,
공용어 교육강화, 소수언어 사용 억제
⇒ 문화적 다양성 억압, 소수집단 차별,
전체주의적 획일화, 인권침해 될 수도.

② 언어이질성 자체는 인정·보호하되 악영향 차단(완화)
· 타언어 접촉·학습·습득 기회 제공,
상이한 언어 사용집단 사이의 교류확대지원
⇒ 시간·노력 많이 들고 효과 약하지만
부작용은 적음.

* 국가 A는 차별해소대책 추가 필요.
언어집단에 따라 사회적 지위가 다르면
위의 정책 ① ② 모두 집행어렵고 효과 적다.

[문항 3] 답안 설계

어려울수록 기본을 지키자

지금까지 강조한 것은 두 가지였다. 첫째, 배경지식에 연연해하지 말고 제시문과 논제를 독해하는 데 집중하라. 둘째, 같은 문항에 딸린 복수의 논제를 한꺼번에 독해하고 답안 설계 역시 한꺼번에 하라.

[문항 1]과 [문항 2]는 그렇게 하는 것만으로 충분히 괜찮은 답안을 쓸 수 있다. 그런데 [문항 3]은 다르다. 제시문을 독해하는 수준을 넘어 상상력을 발휘하고 논리적 추론을 해야 하며 반론을 예상하고 미리 방어해야 한다. [문항 3]이 어려운 것은 무엇보다 〈논제 2〉에 딸린 세 가지 조건 때문이다. 출제자는 특정한 형식과 내용을 가진 답안을 기대하면서 문제를 냈다. 그게 무엇인지는 분명하지 않지만, 그런 게 있다는 것만큼은 확실해 보인다.

왜 이렇게 '비비 꼬인' 문제를 냈을까? 출제자의 취향이 특이해서 그랬을 수도 있다. 하지만 [문항 1]과 [문항 2]만으로는 '변별력'이 충분하지 않다고 보았기 때문일 수도 있다. 점수 차이를 많이 내려고 일부러 어렵게 출제했다는 이야기다. 입시 논술 문제는 대체로 [문항 1]과 [문항 2]처럼 제시문을 요약하고 분석하고 비교하고 평가하는 수준을 벗어나지 않는다. [문항 3]처럼 까다로운 논제는 흔치 않다. 하지만 이런 유형의 문제가 나오지 않는다는 보장은 없다.

[문항 3]은 논술 시험이 수험생의 지적 능력을 상대 평가하는 수단이라는 사실을 분명하게 보여 준다. 이유가 무엇이든 문제를 이처럼 어렵게 내면 수험생들이 받는 점수의 격차가 현저하게 커진다. 이런 문제를 만나면 무엇보다 기본을 확실하게 지켜야 한다. 출제 의도를 짐작하기 어려운 문제일수록 기본을 지키는 것이 더 중요하다. 제시문과 논제를 독해하는 데 집중하고 모든 논제를 비교 검토해서 답안을 한꺼번에 설계하라는 것이다.

[문항 3]에서도 특별한 배경지식이 필요한 것은 아니다. 나폴레옹의 생애를 잘 몰라도 된다. 손금에 대해 아는 게 없어도 괜찮다. 상상력을 발휘해야 하고 논리적 추론과 가상적 토론을 해야 하지만, 그 모든 것의 토대는 제시문과 논제가 제공하는 정보여야 한다. 여기서 문제 해결의 열쇠는 논제에 숨어 있다. 그 열쇠를 찾는 일이 쉽지 않지만 그렇다고 해서 불가능한 것은 아니다.

앞의 문항이 그랬던 것처럼 [문항 3]의 두 논제도 서로 깊이 연관되어 있다. 여기서는 그 연관성을 이해하는 것이 앞의 두 문항에서보다 더 어렵고 더 중요하다. 그것 말고는 출제자의 의도를 짐작할 수 있는 단서가 달리 없기 때문이다. 이처럼 심하게 비틀어 놓은 유형의 논제에 대처하는 방법을 아는 수험생이라면 어지간히 난해한 문제는 다 처리할 수 있을 것이다. 41쪽으로 가서 [문항 3]의 제시문과 논제를 다시 보고 돌아오자.

앞에서와 마찬가지로 〈논제 1〉을 다룰 때는 〈논제 2〉가 요구하는 것을 이해하고 있어야 한다. 또 〈논제 1〉 답안을 제대로 써야만 〈논제 2〉로 자연스럽게 연결할 수 있다. 여기서 제시문은 사실 별 의미가 없다. 한 번 읽고 이해하기만 하면 된다. 그러나 논제는 매우 까다롭다. 문제를 해결하는 데 필요한 결정적인 단서는 대부분 제시문이 아니라 논제에 들어 있다. 수험생에게는 불행한 일이지만, 논술 시험에는 이런 유형의 문제가 나오기도 한다. 독자의 편의를 위해서 두 논제를 아래에 다시 한 번 옮겨 놓았다.

〈논제 1〉 나폴레옹이 자신의 목표를 이루기 위하여, 끊어져 있던 손금의 선을 칼로 그어 이었다는 이야기가 전해지고 있다. 제시문 (가)에 약술된 나폴레옹의 삶에서 중요하다고 생각하는 사건 하나를 들고, 그 사건과 관련하여 나폴레옹이 언제, 어떤 마음으로, 어느 손금을 바꾸었을지 제시문 (나)의 내용을 토대로 상상하여 서술하시오. 또한 '손금'은 나폴레옹에게 어떠한 의미가 있었을지 서술하시오. (800 ± 200자)

〈논제 2〉 우리는 주변에서 손금을 보는 것과 같은 행위를 수없이 발견할 수 있다. 이와 관련된 구체적인 예를 두 가지 들고, 이 두 행위가 가지는 의미를

기술한 후, 인간이 이러한 행위를 하는 이유에 대해 논하시오. (1,000 ± 200자)

(조건 1) '손금을 보는 것'과 유사한 행위들의 분류 기준을 제시하고 서로 다른 유형에 속하는 사례를 들 것.
(조건 2) 두 가지 예 중 하나는 논제 1에서 서술한 손금에 대한 나폴레옹의 태도와 연관 지어 설명할 것.
(조건 3) 자신의 견해에 대한 예상 반론과 그것에 대한 반박을 포함시킬 것.

논제는 출제자의 생각과 의도를 보여 준다. 그것을 읽어 내려면 단어 하나까지 세심하게 살펴야 한다. 예컨대 '나폴레옹이 손금의 선을 칼로 그어 이었다는 이야기가 전해지고 있다'는 〈논제 1〉의 문장을 보자. 출제자는 사실이 아니라 소문을 거론했다. 나폴레옹은 언제, 무슨 일을 앞두고, 어느 손금을 칼로 그어 이었을까? 이것이 중요한 쟁점인 것처럼 보이지만 사실은 전혀 중요하지 않다. 사실이 아닌 소문을 중요한 쟁점으로 취급하는 논술문이 어디 있겠는가? 제시문 (가)에서 아무 사건이든 하나를 고르고 제시문 (나)에서 그 사건과 관련지을 수 있는 손금 하나를 선택하면 그만이다. 어느 사건, 어느 손금이든 상관없다.

나폴레옹 전기를 읽어 본 수험생이라면, 그가 알프스를 넘어 오스트리아를 정복하는 원정을 앞두고 끊어져 있던 손금의 권력선을 칼로 그어 이었다는 이야기를 알고 있을지도 모른다. 그러나 이러한 배경지식은 답안을 작성하는 데 특별한 도움이 되지 않는다. 그 일화를 몰라도 아무 지장이 없다. 나폴레옹이 언제 무슨 손금을 칼로 그었는지 알아내려고 고민하는 데 단 1분도 쓸 필요가 없다. 예컨대 나폴레옹이 오스트리아 원정을 앞두고 권력선을 칼로 그은 게 아니라 엘바 섬을 탈출하기에 앞서 운명선을 칼로 그었다고 해도 된다. 데지레 클라리와 파혼하고 조제핀 드 보아르네와 결혼하기 직전 결혼선을 바꾸었다고 상상해도 좋다. 채점자는 절대 틀렸다고 하지 않을 것이다.

이 논제의 핵심은 나폴레옹이 언제 어느 손금을 그었는지가 아니다. 왜 손금을 보았고, 손금에 어떤 의미를 부여했으며, 무슨 의도를 가지고 칼로 손금을 그었는가? 그것을 상상해야 한다. 여기까지 생각했다면 〈논제 1〉은 거의 다 해결한 셈이다. 그런데 이 대목에서 나폴레옹이라는 사람에 대한 '배경지식'을 불러내려고 하면 위험해진다. 나폴레옹은 이미 죽고 없다. 그가 손금을 실제로 믿었는지 여부는 알 수 없다. 따라서 상상해서 쓰면 된다. 하지만 마음대로 상상의 나래를 펴라는 말은 아니다. 논술 시험은 소설이 아니라 논술문을 쓰는 일이다. 그런데 상상력으로 논술문을 쓰라고 하다니, 도대체 어쩌란 말인가.

〈논제 1〉을 다시 보라. 무슨 단서가 있는가? 없다. 아무리 들여다보아도 〈논제 1〉에서는 단서를 찾지 못할 것이다. 〈논제 1〉의 요구에 응답하는 데 필요한 단서는 〈논제 2〉에 들어 있다. 〈논제 2〉를 봐야 출제자가 무슨 생각을 하면서 〈논제 1〉을 만들었는지 파악할 수 있다. '우리는 주변에서 손금을 보는 것과 같은 행위를 수없이 발견할 수 있다.' 〈논제 2〉의 이 문장이 〈논제 1〉을 해결하는 열쇠다.

출제자는 나폴레옹의 생각이 어떠했는지 물은 게 아니다. 그건 누구도 알 수 없다. 그렇다고 해서 마음대로 상상하라고 한 것도 아니다. 논술 시험은 소설 창작이 아니다. 많은 사람이 손금을 보는 것과 같은 행위를 한다. 사람들이 그렇게 하는 이유가 무엇일까? 그것을 추론해서 나폴레옹의 행위에 적용해 보라. 그렇게 요구한 것이다. 상상해서 쓰란다고 정말로 아무렇게나 상상하면 안 된다. 〈논제 1〉을 마음대로 창작하면 〈논제 2〉 답안을 쓸 수 없다.

논술 시험 출제자들은 종종 이런 식으로 논제를 비틀고 감추고 섞어 놓는다. 출제자 자신이 평소 그런 방식으로 생각하기 때문에 그랬을 수도 있고, 수험생들이 얼마나 입체적인 사고력을 가지고 있는지 알아보려고 일부러 그랬을 수도 있다. 하지만 이유는 중요하지 않다. 수험생이 해야 할 일은 비비 꼬아 놓은 문제를 어떡하든 바르게 펴서 해결하는 것이다. 여기서도 [문항 3]의 두 논제를 한꺼번에 독해하고 한꺼번에 답안을 설계하는 것이 결정적으로 중요하다. 〈논제 2〉는 그 이유를 매우 극단적인 양상으로 보여 준다.

사람들이 손금 보는 것과 같은 행위를 하는 이유가 무엇인지 추론해서 나폴레옹에게 적용해 보자. 먼저 최대한 단순하게 생각해 본다. 운명이나 손금을 믿는 사람도 있고 믿지 않는 사람도 있다. 나폴레옹이 운명을 믿지 않았다면 손금 따위는 무시했을 것이다. 그런데 그가 손금을 칼로 그어 바꾸었다고 하니 운명을 믿었음이 분명하다. 이것은 가장 단순하게 할 수 있는 추론이다. 나폴레옹은 이렇게 생각했을 수 있다.

> 미래는 불확실하다. 나는 내 미래가 어떤지 모른다. 그렇지만 사람한테는 각자 정해진 운명이 있으며 그 운명은 손금에 나타난다고 한다. 그래서 손금을 보면 운명을 알 수 있다는 것이다. 내 손금은 권력선이 끊어져 있다. 이것이 운명을 보여 주는 것이라면 나는 최고의 권좌에 오르지 못하거나, 올랐다고 해도 권력을 오래 유지하지 못할 것이다. 나는 이 운명이 마음에 들지 않는다. 받아들이기 싫다. 하지만 나는 정해진 운명이 있으며 손금이 그것을 보여 준다고 믿는다. 그래서 칼로 손금을 그어 권력선을 이었다. 이제 손금이 달라졌으니 내 운명도 달라져서 나는 최고의 권력을 오랫동안 누리게 될 것이다.

나폴레옹은 운명과 손금을 굳게 믿었다. 최고의 권력을 쟁취하겠다는 의지로 운명을 바꾸기 위해 칼로 손금을 바꾸었다. 이렇게 상상하면서 〈논제 1〉 답안을 설계할 수 있다. 이런 시각을 '관점 A'라고 하자.

이제 한 걸음 더 깊이 들어가 다른 관점에서 나폴레옹의 생각을 상상해 보자. 누군가 칼로 손바닥을 그어 손금을 바꾸었다면 그 사람은 반드시 운명과 손금을 믿는다고 봐야 할까? 그렇게 단언할 수는 없다. 스스로는 믿지 않으면서 어떤 사정 때문에 믿는 것처럼 행동하는 경우도 있을 수 있다. 나폴레옹의 손금 성형이 바로 그런 경우였을 가능성도 배제할 수 없다. 이런 관점에서는 나폴레옹이 다음과 같이 생각했다고 상상할 수 있다.

미래는 불확실하다. 나는 내 미래가 어떤지 모른다. 그런데 사람들은 각자 정해진 운명이 있으며 그 운명은 손금에 나타난다고 믿는다. 내 손금은 권력선이 끊어져 있다. 이것이 운명을 보여 준다면 나는 최고의 권좌에 오르지 못할 것이다. 나는 정해진 운명은 없으며 운명은 스스로 만드는 것이라고 생각한다. 그런데 나를 따르는 많은 사람이 손금과 운명을 믿으며 소문에 흔들린다. 내 손금의 권력선이 끊어져 있다는 사실을 알고 불안해한다. 어떤 운명에도 굴복하지 않는 의지를 보여 주고 사람들의 신뢰를 확고히 하기 위해서 손금을 칼로 그어 끊어진 권력선을 이어야겠다.

나폴레옹은 운명과 손금을 믿지 않았다. 그러나 그것을 믿는 사람들에게 자신의 의지를 보여 주고 신뢰를 얻을 목적으로 손금을 성형했다. 그렇게 상상하면서 답안을 설계하면 이렇게 된다. 이런 시각을 '관점 B'라고 하자. '관점 A'와 '관점 B' 가운데 어느 것이 정답일까? 어느 것도 정답이라고 할 수 없다. 그리고 둘 모두 정답일 수 있다.

나폴레옹이 운명과 손금을 믿었는지 여부는 아무도 모른다. 그렇지만 여기서는 그가 운명과 손금을 믿었든 믿지 않았든 상관없다. 어느 쪽이든 논리적 일관성이 있게 상상해서, 말이 되게 쓰기만 하면 된다. '관점 A'는 나폴레옹이 운명과 손금을 믿었다고 상상하는 것이고, '관점 B'는 그가 운명과 손금을 믿지 않았다고 상상하는 것이다. 둘 가운데 어느 한 관점을 선택해서 〈논제 1〉 답안을 쓰고, 그 내용을 〈논제 2〉에서 고려하면 된다. 다시 말하지만 논술문은 맞거나 틀린 글이 있는 게 아니라 잘 쓴 글과 못 쓴 글이 있을 뿐이다.

그런데 어느 쪽을 선택하는 것이 수험생에게 좋을까? '관점 A'가 유리하다. 나폴레옹이 운명론과 손금을 믿었고, 그런 믿음을 바탕으로 운명을 바꾸기 위해 손금을 성형했다고 단순하게 상상하라는 것이다. 왜 그런가? '관점 B'를 선택하면 〈논제 2〉에 대처하기가 어렵기 때문이다. 우리는 〈논제 1〉의 단서를 〈논제 2〉에서 발견했다. 이것은 〈논제 2〉의 요구를 〈논제 1〉 답안에 미리 반영해야 한다는 것을 의미한다. 〈논제 2〉는 '손금을 보는 것과 같은 행위를 두 가지 예시하고 그 행위의 의미, 그리고 사람들이 그런 행위를 하는 이유를 말하라'고 요구한다. 그런데 여기에 조건이 셋 딸려 있다.

(조건 1)에 따르면 수험생은 손금을 보는 것과 비슷한 행위의 분류 기준을 세우고 서로 다른 유형에 속한 사례를 두 가지 제시해야 한다. 이것 자체는 그리 어려운 과제가 아니다. 그런데 생각할 수 있는 여러 분류 기준 가운데 어느 것을 선택하느냐가 중요하다. 이 결정을 내리려면 〈논제 1〉에서 채택한 관점과 〈논제 2〉의 (조건 2)를 참고해야 한다.

(조건 2)에 따르면 두 사례 중 하나를 〈논제 1〉에서 서술한 손금에 대한 나폴레옹의 태도와 연관 지어 설명해야 한다. 여기서 핵심은 '손금에 대한 나폴레옹의 태도'다. 우리는 나폴레옹이 운명을 믿었을 뿐만 아니라 손금을 성형해 운명을 바꾸려 했다는 '관점 A'를 채택했다. 두 사례 가운데 하나가 이런 유형의 행위여야 하며, 다른 사례는 그와 다른 유형의 행위여야 한다. 뒤에서 나는 손금에 대한 나폴레

옹의 태도와 연관 지어 설명할 행위의 사례로 '이름 바꾸기'를 들 것이다. 이것은 많은 사람이 하는 행위여서 손쉽게 사례로 채택할 수 있다.

그런데 나폴레옹이 손금과 운명을 믿지도 않으면서 그것을 믿는 사람들에게 보여 주려고 손금을 칼로 그었다는 '관점 B'를 〈논제 1〉에서 채택했다면 같은 유형의 행위를 사례로 들기가 쉽지 않다. 손금과 운명을 믿는다고 가정하면 손금을 칼로 긋는 행위에서 운명을 바꾸려는 의도를 곧바로 유추할 수 있는 반면, 스스로는 믿지 않으면서도 믿는 사람들에게 보여 주기 위했던 것이라 가정하면 손금을 성형한 행위에서 그 의도를 곧바로 읽어 내기 어렵다. 게다가 나폴레옹은 매우 특별한 지위를 누렸던 사람이다. 그런 지위를 가진 야심가가 아니라면 사람들에게 보여 주려고 손금을 성형하는 것과 비슷한 행위를 해야 할 이유가 없다. 그래서 비슷한 행위의 사례를 찾기가 매우 어려워지는 것이다.

만약 유사한 행위의 사례를 찾아낼 수 있다면 '관점 B'를 채택해도 된다. 성공적으로 해낸다면 '관점 A'를 선택한 경우보다 더 확실하게 채점자의 눈길을 끌 수 있을 것이다. 그렇지만 사례를 찾는 게 쉽지 않다. 내가 겨우 생각해 낸 사례가 있기는 하다. 김대중 대통령의 '조상 묘소 이장'이다. 알려진 바에 따르면 김대중 대통령은 네 번째 대통령 선거 출마를 앞둔 1995년, 선친의 묘소를 옮겼다.

그는 선친의 묘가 명당에 있어야 자신이 대통령이 될 수 있다고 믿었을까? 아닐 것이다. 정치인 김대중은 중앙정보부에 납치되어 현해탄에 던져지기 직전 예수님을 보았다고 믿은 가톨릭 신자였을 뿐만 아니라 엄청나게 많은 책을 읽은 지성인이었다. 그런 것을 믿었을 가능성은 그리 높지 않다. 그런데도 왜 대통령 선거를 앞두고 선친의 묘소를 옮겼을까? 자신을 지지한 사람들, 동시대를 살았던 많은 사람이 그런 것을 믿었던 현실 때문이 아니었을까? 나는 그가 사람들에게 대통령이 되고야 말겠다는 의지, 대통령이 될 운명을 보여 주려고 그렇게 했을 것이라 추측한다. 운명과 명당을 믿은 게 아니라 믿음이 만들어 내는 사람의 힘을 믿었던 것이다.

해결해야 할 문제가 〈논제 1〉 하나뿐이라면 '관점 B'를 권하고 싶다. '관점 A'보다 훨씬 흥미진진하고 입체적이다. 그렇지만 〈논제 2〉를 고려하면 이것은 매우 불리한 선택이다. 비슷한 사례를 찾기 어렵다는 것보다 더 심각한 문제가 있기 때문이다. 〈논제 2〉의 (조건 1)은 '분류 기준'을 세우라고 요구한다. 생각할 수 있는 여러 기준 가운데 '관점 B'와 같은 손금 성형 행위를 하나의 유형으로 보고 그것과 구별되는 다른 행위의 유형을 설정해야 한다. 그래야 출제자의 요구에 응답할 수 있다. 하지만 자신은 믿지 않으면서 타인의 믿음을 얻기 위해 손금을 성형하는 것은 하나의 일반적 행위 유형으로 설정하기 어렵다. '관점 B'에서 중요한 것은 행위의 동기이지 유형이 아니기 때문이다.

〈논제 2〉의 (조건 1)과 (조건 2)는 동전의 양면처럼 들러붙어 있다. 그래서 〈논제 1〉에서 '관점 B'를 선택하게 되면 〈논제 2〉 답안을 설계할 때 헤어나기 어려운 난관에 빠지게 된다. 내가 〈논제 1〉에서

'관점 A'를 선택하라고 권한 것은 이런 어려움을 예방하기 위해서였다. 살다 보면 좁은 문으로, 험한 길로 가야만 할 때가 있다. 하지만 논술 시험을 칠 때 그렇게 해서는 안 된다. 쉬운 길, 평탄한 길, 넓은 문을 선택하는 게 현명하다.

이제 (조건 3)을 살펴보자. 여기서 출제자는 수험생이 자신의 견해에 대한 반론을 예상하고 선제적으로 방어할 것을 요구한다. 그런데 여기서 '자신의 견해'가 무엇에 대한 견해를 말하는지 분명하지 않다. '손금을 보는 것과 유사한 행위'의 분류 기준에 대한 견해일 수도 있고, 그런 행위가 가지는 의미에 대한 견해일 수도 있으며, 사람들이 그런 행위를 하는 이유에 관한 견해일 수도 있다. 따라서 수험생은 '자신의 견해'를 방어할 때 그것이 무엇에 관한 견해인지 특정해야 한다. 정말 까다로운 논제가 아닐 수 없다.

출제자는 〈논제 1〉에서는 추론 능력과 상상력을 요구했다. 〈논제 2〉에서는 숨겨진 의도를 파악해서 내용과 형식 모두 그에 맞출 것을 요구했다. 다시 말하지만 겨우 100분 동안 이처럼 까다로운 논제에 대해 원고지 열 장 분량의 글을 쓰라는 것은 고등학교를 졸업하는 학생들에게 지나친 요구가 아닐 수 없다. 하지만 실제 논술 시험에서는 이런 유형의 문제가 종종 나오기도 한다. 출제자가 마음먹으면 수험생이 막을 방법은 전혀 없다. 다시 말하지만 출제자는 '갑'이고 수험생은 '을'이다. 수험생에게는 출제자의 속내를 파악해서 그 요구에 최대한 맞추는 것 말고는 대안이 없다. 삶은 때로 이렇게 불공평하다.

이제 〈논제 2〉 답안을 설계해 보자. 먼저 (조건 1)이다. '손금을 보는 것과 유사한 행위'를 분류할 때 어떤 기준을 세울 수 있을까? 손금을 보는 것과 유사한 행위란, 일단 사람에게 정해진 운명이 있다고 믿으면서 어떤 방법으로든 그 운명을 알아보려는 행위를 의미한다. 이런 행위는 운명을 알아보는 방법을 기준으로 분류할 수도 있다. 예를 들어 《주역》이나 《토정비결》처럼 축적된 통계를 이용해 운명을 알아보는 방법, 손금과 관상 등 신체의 특성을 보고 운명을 알아보는 방법, 접신이나 영매와 같은 초자연적인 능력을 가진 사람에게 물어보는 방법 등으로 나누는 것이다. 이렇게 분류할 경우 (조건 2)를 고려해서 서로 다른 유형인 사주와 관상을 두 사례로 들고, 관상 보는 것을 나폴레옹이 손금을 성형한 것과 같은 유형이라고 주장할 수 있을 것이다.

그런데 이런 식으로 분류할 경우 관상 보기를 '손금에 대한 나폴레옹의 태도'와 연관 지어 설명하기가 어렵다. 〈논제 2〉에 효과적으로 대답하려면 〈논제 1〉에서 서술한 '손금에 대한 나폴레옹의 태도'가 무엇이었는지 생각해 보아야 한다. 우리는 나폴레옹이 '정해진 운명이 있고 그 운명을 손금으로 알아볼 수 있다고 믿었을 뿐만 아니라 칼로 손금을 성형함으로써 운명을 바꾸려고 했다'는 관점을 채택했다. 나폴레옹이 단순히 운명을 알아보거나 운명에 순응하려 한 것이 아니라 운명을 바꾸려 했다고 한다면, 〈논제 2〉 답안에 넣어야 하는 두 사례 가운데 하나는 어떤 식으로든 운명을 믿으면서 적극적인 행동을 통해 운명을 바꾸려 하는 행위 유형이어야 한다. 만약 그렇게 한다면 나머지 하나는 저절로 결정된다. 운명을 알아보고 거기에 맞추려는 소극적 행위 유형을 제시하면 자연스럽게 어울린다. 물론 이것은 정답이 아니다. 채택 가능한 여러 답 가운데 하나일 뿐이다.

이런 기준을 적용해 보면 '손금을 보는 것과 유사한 행위'는 '운명을 알아보고 그것을 바꾸려는 적극적 행위'와 '운명을 알아보고 그에 순응하려는 소극적 행위'로 분류할 수 있다. 그리고 전자의 사례로 '작명(作名)'이나 '개명(改名)' 행위를, 후자의 사례로 '궁합 맞추기'를 제안할 수 있다. 개명 행위는 나폴레옹의 손금 성형과 같은 태도를 보여 주는 것으로 설명하면 된다. 이것으로 (조건 1)과 (조건 2)를 충족했다.

〈논제 2〉는 사례로 든 개명 행위와 궁합 맞추기의 의미를 설명하고 사람이 그런 행위를 하는 이유를 논하라고 요구한다. 개명은 이름에서 운명을 읽을 수 있다는 믿음과 이름을 바꿈으로써 운명을 바꾸겠다는 적극적 의지를 표현하는 행위다. 궁합 맞추기는 각자의 운명에 따라 행복이나 불행을 가져오는 관계가 있다는 믿음과 궁합이 맞는 배우자를 선택함으로써 불행을 피하고 행운을 맞아들인다는 소극적 적응 행위로 해석할 수 있다.

출제자는 〈논제 2〉 말미에 사람들이 그런 행위를 하는 이유를 말하라고 요구했다. 여기서는 자기 생각을 말해야 한다. 내 생각을 말하면, 손금 보는 것과 유사한 행위를 하는 것은 인간이 유한한 존재기 때문이다. 인간은 현실을 인지하는 능력과 미래를 예측하는 능력이 부족하다. 길어야 100년밖에 살지 못한다. 지진이나 해일, 태풍 같은 자연의 힘 앞에서는 무력한 존재가 된다. 이유를 알 수 없고 설명할 수 없으며 자신의 힘으로 막지 못하는 불행이 삶을 위협한다. 이런 유한성에서 벗어나 미래에 대한 불안을 극복하려는 욕구가 운명을 알아보고 그것에 순응하거나 그것을 바꾸려는 행위를 일으킨다. 이런 것이 운명론과 기복 행위의 밑바닥에 놓인 동기라고 할 수 있다. 이것은 제시문에 없는 정보지만 고등학교를 졸업하는 청년이라면 이런 정도는 생각할 수 있어야 한다고 출제자는 믿었을 것이다.

그런데 〈논제 2〉의 (조건 3)은 수험생이 자신이 작성한 견해에 대한 반론을 예상하고 그 반론에 대한 재반박 또는 방어 논리를 미리 펼치라고 요구한다. 출제자가 무슨 생각을 하면서 (조건 3)을 걸었는지 잘 모르겠다. 물론 '예상되는 반박을 미리 고려하라'는 논술문 작성의 전략적 원칙이 있기는 하다. 그러나 〈논제 2〉는 손금을 보는 것과 같은 행위에 대한 분류 기준을 제시하고, 상이한 유형의 행위를 사례로 들어 해석하라고 요구했다. 덧붙여 사람들이 그런 행위를 하는 이유에 대한 견해를 밝히라고 했다.

여러 차원의 의견을 써야 하기 때문에 그중 무엇에 대해서 반론을 예상하고 방어하라는 것인지 판단하기가 어렵다. 그렇지만 논술 시험에서는 출제자의 요구를 최대한 존중하는 게 현명하다. 보통의 경우 반론과 재반론은 누군가 주관적 견해를 표명하는 것을 전제로 한다. 따라서 〈논제 2〉 답안에서 가장 논쟁적인 주제에 집중하는 게 좋겠다. 사람들이 왜 손금 보기와 유사한 행동을 수없이 하는지, 예상되는 반론을 적고 그것을 다시 반박하는 것이다. 예상 반론을 만들려면 타인의 눈으로 나의 주장을 살펴야 한다. 역지사지(易地思之), 처지를 바꾸어 다른 생각을 가진 사람의 눈으로 자기 자신의 주장을 비판해 보는 것이다. 예컨대 이런 식으로.

> 만약 이 견해가 옳다면 인간은 유한성을 근본적으로 극복하지 못하는 한 이런 행위를 영원히 계속할 것이다. 현대인은 생물학적으로 고대인과 차이가 없다. 문명이 생긴 이후 인간이 생물학적으로 진화했다는 증거가 없기 때문에 그렇게 말할 수 있다. 그런데 현대인은 고대인보다 운명론을 덜 믿으며 기복 행위도 덜한다. 사람이 운명론과 기복 행위에 빠지는 것은 인간 본연의 유한성 때문이 아니라 무지 때문이다. 지식과 지성의 수준이 더 높아지면 이런 행위는 사라질 것이다.

이런 반론을 어떻게 재반박할 수 있을까? 재반박은 자신의 견해에 대한 상대방의 비판을 있는 그대로 정확하게 이해하고, 그 한계나 오류를 지적함으로써 나의 견해를 옹호하는 일이다. 여기서는 이런 식으로 재반박할 수 있다.

> 아무리 과학 기술이 발달해도 개인이 미래를 예측하는 능력에 한계가 있다는 사실은 크게 달라지지 않는다. 우리 각자에게 미래는 불확실하며 감당할 수 없는 위험이 도사리고 있는 것이다. 자신에게 아무 책임이 없는 사고를 당하고, 원인을 알 수 없는 질병에 걸린다. 아무리 과학 기술이 발달해도 사람이 미래를 완전하

게 예측하거나 불운을 완전하게 피하는 것은 불가능하다. 따라서 정도의 차이는 있겠지만 과학 기술이 발전한다고 해서 운명론과 기복 행위가 완전히 사라지는 일은 없을 것이다.

〈논제 2〉 답안은 여기서 마무리하면 된다. 다음은 이런 생각을 정리하여 작성한 [문항 3] 답안의 최종 메모다.

[문항 3]의 〈논제 1〉 최종 메모

[문항 3] → 800자로!

〈논제 1〉 소금에 대한 나폴레옹의 생각

- 사건: 1815년 엘바섬 탈출
- 바꾼 소금: 권력선
- 마음: 상실한 권력을 탈환하려는 야심

* 소금의 의미 (나폴레옹의 생각)

① 사람을 지배하는 정해진 운명 있나 → NO / YES → ②

② 소금에 정해진 운명이 보이나 → NO / YES → ③

③ 소금을 바꾸면 운명도 바뀌나 → NO / YES

⇒ 나폴레옹은 세 질문 모두 YES!

* 소금선행의 의미는?

"잃어버린 권력을 되찾아서 그 권력을 누리겠다는 강한 의지를 드러냄"

※ ①②③ 모두 YES는 비논리적·비과학적임

[문항 3]의 〈논제 2〉 최종 메모

[문항3] → 1,000자로!

〈논제2〉 손금보는 것과 비슷한 사례/의미
& 분류기준과 이유

① 분류기준 (유형)

- 손금보는 것과 유사한 행위들
"자신의 운명을 미리 알아내려는 행위"

행위의 목적을 기준으로 : 순응 vs 도전
(운명을 알려는) 소극적 ← → 적극적

② 사례 두 가지 : 하나는 낯설게 연관 설명

사례1 : 개명 (이름바꿈) → 이름 = 손금, 개명 = 운명성형

사례2 : 궁합보기
맞지 않으면 헤어짐.

③ 행위의 이유
· 미래의 불확실성
· 인간의 유한성 (능력의 한계)

④ 예상되는 반론과 재반박 : ③에 대하여

반론 : 유한성이 아니라 무지. 인간은 똑같아도 과학이 발전해서 미신과 운명론 약해져. → 언젠가는 사라질 것.

재반론 : 일단 수용. 그러나 인간의 한계는 계속 존재.

ex) 소행성 지구 충돌, 대지진 항공기 추락, 태풍 등 etc.

4

답안의 문장을 쓰는 방법

거듭 말하지만 배경지식은 중요하지 않다.

어려운 전문 용어나 화려한 문장을 구사하는 능력이 없어도 된다.

최고의 논술문을 쓰려면 오랜 세월 많은 책을 읽고 깊이 생각하면서 꾸준히 글을 써야 한다.

그러나 괜찮은 논술문을 쓰는 것은 그보다 훨씬 수월하다.

시험 글쓰기의 원칙을 몇 가지 숙지하고 그 원칙에 따라서

짧은 기간 글 쓰는 훈련을 집중해서 하면 괜찮은 수준의 논술문을 쓸 수 있다.

어떤 글이 잘 쓴 글일까? 시와 소설 같은 문학 작품은 기준을 정하기 어렵지만 논술문은 어느 정도 일반적인 기준을 세울 수 있다. 본편 《유시민의 글쓰기 특강》 2장에서 정리했던, 잘 쓴 논술문의 특징을 간단하게 옮겨 본다.

첫째, 무슨 이야기를 하는지 주제가 분명하다. 둘째, 주제를 다루는 데 꼭 필요한 사실과 중요한 정보를 담고 있다. 셋째, 사실과 정보 사이에 어떤 관계가 있는지 명료하게 보여 준다. 넷째, 주제와 정보와 논리를 적절한 어휘와 문장으로 표현한다.

이런 논술문은 이해하기 쉽다. 동의하든 반대하든 그 이유를 분명하게 찾을 수 있다. 그런 글은 읽는 맛이 난다. 시험 글쓰기도 그렇게 하는 게 최선이다. 우리가 채점자라고 상상해 보자. 같은 제시문을 보고 같은 논제에 따라 수험생들이 비슷비슷하게 쓴 답안지 수백 편을 하루 종일 읽어야 한다. 글쓰기 훈련을 제대로 하지 않은 수험생들이 제한된 시간에 부족한 정보를 활용해서 쓴 글인 만큼 읽는 맛을 기대하기 어렵다. 그런 답안을 계속 읽으면서 채점하는 것은 지루하고 고달픈 일이다.

정해진 채점 기준에 따라 점수를 매긴다고는 하지만 채점자도 사람인지라 주관이 개입하지 않을 도리가 없다. 결국 위에서 말한 특징을 갖춘 답안이 좋은 평가를 받는다. 이해하기 쉽고 논리가 명료하며 읽는 맛이 나는 글을 보면 눈이 번쩍 뜨인다.

예전에 경북대학교에서 '생활과 경제'라는 제목으로 경제학 교양 과목을 강의한 적이 있다. 수강생이 400명 넘는 대형 강의였다. 출석을 점검하지 않았고 중간고사를 보지 않았으며 기말고사는 소위 '오픈 북'으로 했다. 책이든 필기 노트든, 컴퓨터나 스마트폰만 아니면 무슨 자료라도 제한 없이 활용할 수 있게 한 것이다. 시험으로는 강의 시간에 다루었던 내용을 응용해서 풀 수 있는 논술형 문제를 주었다.

채점 작업은 그야말로 고역이었다. 400명의 답안지를 하루에 채점한다고 생각해 보라. 1학기 기말고사는 6월 하순이어서 날씨마저 더웠다. 그럴 때 눈이 번쩍 뜨일 만큼 시원한 답안지를 보면 사막에서 오아시스를 만난 것처럼 반갑다. 그런 글에는 문장과 논리에 작은 오류가 있어도 기쁜 마음으로 A+를 준다. 수험생은 논술 시험 답안을 그렇게 써야 한다. 이제 그런 답안을 쓰는 방법에 대해 이야기하겠다.

단문을 쓰고 군더더기를 빼자

시험 시간의 절반을 사용해 제시문과 논제를 독해하고 중요한 정보를 메모해서 답안 설계를 마쳤다고 하자. 답안 설계가 큰 틀에서 잘못되었을 경우 문장을 만들면서 크게 수정해야 하겠지만, 독해와 메모에 충분한 시간을 들이면 그런 일이 잘 생기지 않는다. 여기까지 해냈다면 이제 남은 일은 메모를 보면서 원고지에 문장을 쓰는 것뿐이다. 이때 지켜야 할 규칙은 세 가지로 요약할 수 있다.

첫째, 정해진 분량을 생각하면서 적절한 길이로 쓴다. 둘째, 되도록 단문을 쓴다. 셋째, 출제자가 요구하지 않은 것은 쓰지 않는다.

첫 번째 규칙은 알맞은 분량으로 쓰는 것이다. 분량 지키기가 그리 쉬운 과제는 아니다. 컴퓨터로 쓴다면 수시로 분량을 확인하면서 쉽게 압축하거나 늘릴 수 있지만 원고지에 손으로 쓸 때는 그렇게 할 수 없다. 기출문제나 연습문제로 실전 연습을 할 때 분량 조절 요령을 익혀야 한다. 빈 종이에 메모한 분량과 문장을 썼을 때 나오는 글자 수의 관계를 느낌으로 알 수 있어야 실전에서 분량을 제대로 조절할 수 있다. 메모지의 글자 수를 일일이 헤아리자면 글쓰기에 집중하기가 어렵다. 원고지에 문장을 쓸 때는 메모를 보면서 점검해야 한다. 한 논제의 답안을 700자로 쓸 경우, 200자 원고지 한 장에 최종 메모 분량의 30퍼센트 정도를 반영하는 식으로 조절하면 된다.

두 번째 규칙은 단문을 기본으로 쓰는 것이다. 단문은 주어와 술어가 하나씩만 있는 문장이다. 단문을 기본으로 삼아야 할 이유는 여러 가지가 있다. 복문은 주어와 술어가 둘 이상 있기 때문에 주술 관계가 어긋나거나 문맥이 뒤틀릴 위험이 있다. 그렇게 되면 논리의 흐름이 깨지고 문장의 뜻이 흐려진다. 논술문에는 치명적인 결함이다. 또 복문은 단문보다 쓰는 데 시간이 많이 걸린다. 고치기도 더 어렵다. 따라서 평소 시험 준비를 할 때 단문으로 쓰는 습관을 들여야 한다. 단문을 원칙으로 하되, 특별히 강조하고 싶거나 중요한 논리를 전달할 때만 복문을 쓰는 게 바람직하다. 처음부터 끝까지 복문이 이어지는 글은 채점자를 피곤하게 만든다. 수십 명의 답안지를 채점해야 하는 입장에서 보면 쉽게 눈에 들어오는 글이 좋다. 들어가야 할 내용만 들어가 있으면 된다. 문장이 길고 화려하고 멋질 필요는 전혀 없다.

세 번째 규칙은 출제자가 요구하지 않은 것을 쓰지 않는 것이다.

그런 것은 글자를 의미 없이 낭비하는 군더더기가 될 뿐이다. 정해진 분량을 지키면서 해야 할 말을 다 하려면 의미 없는 정보를 넣지 말아야 한다. 의미가 있다 해도 굳이 넣지 않아도 된다면 과감하게 빼는 게 좋다. 필요한 정보라도 반복해서 쓰면 안 된다. 글쓴이의 감정이나 기분을 드러내는 표현을 삼가야 한다. 채점자에게 잘 보이려고 논제와 무관한 메시지를 적었다가는 부정행위자로 몰릴 수도 있다.

이제 앞에서 예고했던 예시 답안을 검토해 보자. 이 예시 답안을 살펴보는 목적은 두 가지다. 첫째는 답안을 설계할 때 지켜야 할 원칙을 어기면 어떤 일이 벌어지는지 확인하는 것이다. 제시문과 논제 독해에 집중하지 않고 배경지식에 의존해 답안을 쓰거나, 같은 문항에 속한 여러 논제를 순서에 따라 따로따로 처리할 때 생기는 구조적 결함을 볼 수 있다. 둘째는 단문을 기본으로 쓰지 않고 긴 복문을 연속해서 쓸 때 흔히 나오는 문장의 오류, 불필요한 정보를 담은 군더더기, 우리말답지 않게 못난 문장을 확인해 보는 것이다.

대충 읽으면 대충 쓰게 된다

우리가 이 책에서 사용한 논술 문제는 공식적인 예시 답안이 없다. 예전 서울대학교 입학 본부는 수험생의 답안 하나를 예시하고 채점 총평을 공개했다. 그런데 2012학년도 인문 계열 논술 문제는 예시 답안도 채점 총평도 내놓지 않았다.

선입견을 배제하기 위해 지금부터 살펴볼 예시 답안을 누가 썼는지는 나중에 밝히기로 한다. 답안을 작성한 사람을 일단 '글쓴이'라고 하자. 모든 문항의 예시 답안을 살펴볼 필요는 없다고 판단하여 [문항 1]의 세 논제만 예시 답안을 살펴보겠다. 아래는 '제시문에 나타난 상황들의 원인을 분석하여 설명하라'는 〈논제 1〉의 예시 답안이다. 밑줄 그은 곳에 특별한 관심을 두지 말고 그냥 읽어 보자. 이 예시 답안을 더 정확하게 감상하고 싶다면 31쪽으로 돌아가서 제시문과 논제를 다시 한 번 읽고 오면 좋겠다.

제시문은 경제 대공황기에 미국 농촌이 붕괴되는 상황을 담고 있다. 많은 농민들이 농사만으로는 삶을 유지할 수 없어, 원거주지를 떠나 새로운 지역으로 이주하는 것이다. 이러한 농촌 붕괴 현상은 크게 두 가지 원인에 의해 발생되었다.

첫째, 기후와 지리적 여건과 같은 자연환경적 원인을 들 수 있다. 제시문은 세계 대공황이 발생한 1930년부터 1940년 사이를 배경으로 한다. 그래프에 따르면 이 시기의 강우량은 약 10년 만에 가장 낮은 수준이다. 이는 이 지역이 극심한 가뭄에 시달렸음을 보여 준다. 또한 농장은 건조한 계절에는 불모지로 변하는 스텝 기후 지역에 위치하고 있다. 건조한 기후와 먼지바람은 농사에 치명적이다. 이러한 자연환경적 요인으로 인해 소작농들은 지주에게 소작료를 내지도 못했을 뿐만 아니라, 빚까지 떠안게 되었다. 이 때문에 농민들이 농장을 떠나게 된 것이다.

둘째, 과도한 경작과 기계화와 같은 사회적 환경이 원인이 되었다. 제시문 속 농장은 본래 비옥하지도 않았으며, 목화를 키우기에 적합한 토지도 아니었다. 그럼에도 불구하고, 윤작을 할 수 없는 목화를 심은 까닭에 땅의 비옥도가 상실되었다. 무리한 경작으로 인해 토지가 황폐화된 것이다. 또한, 산업화에 따라 농장에도 기계가 도입되면서 농민들이 일자리를 잃었다. 당시 지주들은 이익을 극대화하기 위해 비용이 많이 드는 소작인을 내쫓고 기계를 사용하여 최대한 효율적인 재배를 추구하게 되었다. 이 때문에 농민들은 일자리를 잃고 다른 지역으로 이주하게 된 것이다.

이 예시 답안을 어떻게 평가해야 할까? 점수를 매긴다면 100점 만점에 몇 점이 적당할까? 대학 학점으로는 C, 점수로는 100점 만점에 70점이다. 더 낮은 점수를 주어도 야박하다고 할 수 없다. 왜 그런가? 83쪽으로 가서 〈논제 1〉 답안을 쓰기 위해 만든 최종 메모를 이 답안과 비교해 보라.

가장 크게 다른 점이 하나 보일 것이다. 이 예시 답안에는 '농민들이 원거주지를 떠나는' 한 가지 상황밖에 없다. 제시문 후반부에 나오는 이주 이후 상황은 전혀 말하지 않았다. 비록 분량이 적기는 하지만 제시문은 '원거주지를 떠나 이주한 농민들이 서부 지역에서 일자리를 얻지 못하고 서로 임금 인하 경쟁을 하면서 비참하게 살아가는' 상황을 묘사했다. 글쓴이는 두 번째 상황을 통째로 빠뜨렸다. 다른 모든 것을 완벽하게 처리한다고 해도 이렇게 쓰면 좋은 평가를 기대하기 어렵다.

이렇게 된 이유가 무엇일까? 제시문과 논제를 충실하게 독해하지 않았기 때문이다. 제시문 후반부를 건성으로 읽었을 뿐만 아니라 논제도 대충 읽었음이 분명하다. 그래서 '상황들'이라는 말로 둘 이상의 상황이 제시문에 있다는 힌트도 알아차리지 못한 것이다. 그렇다면 글쓴이는 왜 이런 실수를 했을까? 여러 이유를 추정해 볼 수 있겠지만, '배경지식'을 과신한 탓이 크지 않을까 생각한다. 아마 이렇게 된 것이 아닌가 싶다.

글쓴이는 제시문을 받아 든 순간 그것이 소설 《분노의 포도》에서 나온 것임을 바로 알아차렸다. 그 소설이 1930년대 미국 중서부 지역의 농촌 해체를 다루었다는 사실을 떠올렸다. 풍부한 배경지식에 대한 자신감이 충만한 나머지 빨리 답을 쓰고 싶었다. 그래서 제시문 후반부를 대충 읽고 지나쳤다.

만약 정말 그랬다면 배경지식은 독이 된 것이다. 〈논제 1〉에서 저지른 이 오류가 〈논제 2〉에 치명적인 영향은 미치지 않는다는 게 그나마 다행이다. 만약 [문항 2]와 [문항 3]에서 첫 번째 논제를 이런 식으로 잘못 썼다면, 그다음 논제는 볼 것도 없이 다 망치고 말았을 것이다.

글쓴이는 첫 번째 상황인 농촌 해체의 원인을 두 가지로 정리했다. 건조한 기후 특성과 10년 만의 가뭄을 '자연환경적 요인'으로, 과도한 경작과 영농 기계화를 '사회적 요인'으로 묶었다. 이것을 83쪽의 메모와 비교해 보라. 거기서는 농촌 해체의 원인을 셋으로 나누었다. 둘로 나누든 셋으로 나누든 가뭄, 목화 단일 재배로 인한 지력 쇠퇴, 경작 단위 확대와 영농 기계화라는 요인이 다 들어가 있기 때문에 내용의 차이는 없다. 그런데 글쓴이는 뒤의 두 가지 원인을 '사회적 요인'이라는 개념 하나로 묶었다. 반면 우리는 앞에서 그 둘을 '생태학적 요인'과 '사회 경제적 요인'으로 분리했다. 핵심 원인으로 사회 경제적 요인 하나만을 제시하기 위해서였다.

이 차이는 왜 생겼을까? 글쓴이는 농촌 붕괴의 핵심 원인을 지목하라는 〈논제 2〉의 요구를 미리 고려하지 않았기 때문이다. 이것은 〈논제 1〉 답안에도 나쁜 영향을 주었지만 〈논제 2〉 답안에는 더 심각한 타격을 주었다.

이제 〈논제 1〉 예시 답안의 밑줄 그은 곳을 보자. 앞에서 문장 쓰기의 세 가지 규칙을 이야기할 때, 되도록 단문을 쓰고 같은 정보를 중복 서술하거나 불필요한 정보를 넣지 말라고 조언했다. 밑줄 그은 곳은 이 원칙에 어긋난다고 볼 수 있는 대목이다. '제시문은 경제 대공황기에 미국 농촌이 붕괴되는 상황을 담고 있다.' 예시 답안의 이 첫 문장은 제시문에 딸려 있는 정보기 때문에 답안에 넣을 필요가 없다. 두 번째 단락의 '제시문은 세계 대공황이 발생한 1930년부터 1940년 사이를 배경으로 한다'는 문장도 마찬가지다. 모두 군더더기다.

같은 정보를 여러 번 쓰면 글자를 낭비하게 된다. '많은 농민들이 농사만으로는 삶을 유지할 수 없어, 원거주지를 떠나 새로운 지역으로 이주하는 것이다.' 글쓴이는 첫 단락에 나온 이 문장을 두 번째 단락에서도 반복했다. '이 때문에 농민들이 농장을 떠나게 된 것이다.' 세 번째 단락에 또 나온다. '이 때문에 농민들은 일자리를 잃고 다른 지역으로 이주하게 된 것이다.' 이렇게 불필요한 정보를 쓰거나 같은 정보를 반복함으로써 글쓴이는 무려 120자 가까이 잃어버렸다. 그 분량만큼 필요한 다른 정보를 쓸 수 없게 된 것이다. 글쓴이는 왜 같은 정보를 반복해서 썼을까? 두 번째 상황을 빠뜨리는 바람에 글자 수가 너무 많이 남았고, 답안 분량을 채우려면 군더더기를 넣어야 했으리라 추정할 수 있다.

답안 문장을 쓸 때는 단문을 쓰라고 권한 바 있다. 그런데 글쓴이는 주어와 술어가 둘 이상 든 복문을 너무 많이 썼다. 게다가 아래에 예시하는 것처럼 우리말답지 않은 표현을 곳곳에 사용했다.

- 농촌 붕괴 현상은 크게 두 가지 원인에 의해 발생되었다.
- 농장은 건조한 계절에는 불모지로 변하는 스텝 기후 지역에 위치하고 있다.
- 땅의 비옥도가 상실되었다.
- 토지가 황폐화된 것이다.

이것이 왜 우리말답지 않은지는 여기서 따로 설명하지 않겠다. 더 깊이 알아보고 싶은 독자는 본편인 《유시민의 글쓰기 특강》 5장이나 바른 우리말 문장을 소개하는 글쓰기 책을 참고하기 바란다. 여기서는 잘못 쓴 표현을 자연스럽고 우리말다운 표현으로 바꾸어 보는 데 그치기로 한다.

- 농촌 붕괴의 원인은 크게 보아 두 가지였다.
- 농장은 건조한 스텝 지역에 있었다.

- 땅이 메말랐다.
- 토지가 황폐해졌다.

이것이 바른 표현이다. 어색하고 부자연스러운 표현이 많이 나오는 데는 여러 이유가 있겠지만 단문으로 쓰지 않은 것도 중요한 원인이다. 마지막 단락에 나오는 긴 문장을 예로 들어 살펴보자. '당시 지주들은 이익을 극대화하기 위해 비용이 많이 드는 소작인을 내쫓고 기계를 사용하여 최대한 효율적인 재배를 추구하게 되었다.' 단문을 쓴다는 원칙을 인식하고 있었다면 이렇게 썼을 것이다. '지주들은 이윤 극대화를 원했다. 그래서 소작농을 내쫓고 기계를 도입해 경영 효율성을 높이려 했다.' 같은 내용이지만 문장을 짧게 끊어 주면 뜻이 더 분명해지고 문장이 꼬일 위험이 줄어든다. 그래서 논술문에는 단문을 기본으로 쓰라고 권하는 것이다.

잘못 꿴
두 번째 단추

다음은 '주민들이 원거주지에서 살기 어렵게 된 가장 핵심적인 원인'을 근거로 들어 논하라고 요구한 [문항 1]의 〈논제 2〉 예시 답안이다. 앞에서 그랬던 것처럼 일단 밑줄 그은 대목에 특별히 관심을 두지 말고 읽어 보기 바란다.

기후 등의 자연환경과 과도한 경작 및 산업화 등의 사회적 환경 모두 농민들이 새로운 일거리를 찾아 이주하게 된 원인에 해당한다. 그러나 이 중에서 사회적 환경이 농민 이주의 핵심적인 원인이 되었다.

극심한 가뭄과 끊임없는 먼지바람은 분명히 흉작의 원인이 된다. 그러나 농장의 가뭄은 오래전부터 반복되어 왔던 것이며, 오히려 1910년에는 당시보다 더 가뭄이 심했다. 따라서 먼지바람에 의한 소출의 감소만으로 농민들이 이주를 결정했다고 보기는 힘들다.

이보다는 사회적 환경, 즉 기계화와 무리한 농경 활동이 농촌 붕괴에 좀 더 직접적인 영향을 미쳤다. 그래프에서 확인할 수 있듯이, 경제 대공황 이전, 즉 1930년대 이전에는 다른 시기에 비해 상대적으로 강우량이 많았던 까닭에 경제 대공황 초기인 1930년경에는 충분한 생산량을 얻을 수 있었을 것으로 예상된다. 그러나 농민들과 지주는 더 많은 목화를 키우려고 욕심만 부리고 가뭄에 대한 대비를 전혀 하지 않았을 뿐 아니라, 윤작을 통해 토지 비옥도를 높이지도 않았다. 더욱이 지주들이 기계를 도입하여 대규모로 농장을 운영하는 방식을 택한 것은 소작농들의 일자리가 상실되는 직접적 계기가 되었다. 기계 사용은 인건비를 절감함으로써 목화 생산에 따른 이익을 지주에게 더 많이 가져다주기 때문이다. 만약 무리한 농작과 농업의 산업화가 이루어지지 않았다면, 여전히 농민들은 농장에서 목화를 재배하고 있었을 것이다. 따라서 사회적 환경이 농민 이주의 핵심적인 원인이라 볼 수 있다.

글쓴이는 농촌 붕괴의 원인을 '자연환경'과 '사회적 환경'으로 나누고 둘 가운데 '사회적 환경'을 핵심 원인으로 지목했다. 그런데 여기서 '사회적 환경'은 두 가지 내용을 담고 있다. 하나는 과도한 개간과 목화 단일 재배로 인한 토양 생태계의 파괴, 다른 하나는 경작 단위 확대와 영농 기계화다. 이 두 가지는 원인과 양상이 아주 다른 현상이어서 '사회적 환경'이라는 개념 하나로 묶어 내기에는 무리가 있다. 게다가 과도한 개간과 목화 단일 재배로 인한 지력 쇠퇴는 오랫동안 지속된 현상이다. 이것만으로는 왜 하필이면 대공황 시기에 농민들이 대규모로 살던 곳을 떠났는지 설명할 수 없기 때문에 핵심 원인에서 배제하는 게 합리적이다.

결국 핵심 원인 후보는 한 가지만 남는다. 지주들이 소작농을 내쫓고 경작 단위를 확장하는 한편, 트랙터를 도입하는 등 영농 기계화를 추진한 것은 그들 나름대로 경제적 어려움을 이겨 내기 위해서 이 시기에 새롭게 취한 조처였다. 따라서 이것을 대공황 시기에 미국 중서부 스텝 지역의 농촌 붕괴 현상을 부른 핵심 원인으로 보는 게 합당하다.

글쓴이가 토양 생태계 파괴와 경작 단위 확대 및 영농 기계화를 '사회적 환경'으로 묶어 농촌 붕괴의 핵심 원인으로 지목한 것은 절반만 타당하다. 이렇게 된 이유가 무엇일까? 앞에서 말한 대로 글쓴이가 〈논제 1〉 답안을 설계할 때 〈논제 2〉를 고려하지 않았기 때문이다. 만약 〈논제 2〉가 없다면 농민들이 원거주지에서 떠난 원인을 '자연환경'과 '사회적 환경' 둘로 나누어도 괜찮았을 것이다. 하지만 여기서는 그렇지 않다. 〈논제 2〉를 의식하지 않고 〈논제 1〉 답안을 썼기 때문에, 결과적으로 〈논제 2〉 답안이 〈논제 1〉 답안의 구조에 갇

히고 말았다. 첫 단추를 잘못 꿰었는데도 바로잡지 않은 채 두 번째 단추를 꿰면 이렇게 될 수밖에 없다.

게다가 글쓴이는 '자연환경'을 농촌 붕괴의 '간접적인 원인'으로 보았다. 그리고 밑줄 그은 곳에서 보듯 '사회적 환경'이 '좀 더 직접적인 영향을 미쳤다'고 썼다. 이런 표현도 논제에 비추어 보면 핵심을 벗어난 것이다. 출제자는 여러 원인 가운데 핵심 원인을 찾아 근거를 제시해 논하라고 요구했지, '좀 더 직접적인' 원인을 찾으라고 하지 않았다. 지주와 농민에 대해서 '욕심만 부리고'라는 주관적인 감정 표현을 사용한 것도 적절하지 않았다. 영농 기계화와 관련하여 '기계를 도입하여' 앞에 '더욱이'를 붙임으로써 마치 이것이 부차적인 요인인 양 서술한 것도 감점 요인이다.

만약 〈논제 1〉 답안에서 농촌 붕괴의 원인을 가뭄(자연적 요인), 지력 쇠퇴(생태학적 요인), 경작 단위 확대와 영농 기계화(사회 경제적 요인), 세 가지로 분명하게 정리해 두었다면 〈논제 2〉 답안의 구조는 훨씬 단순해졌을 것이다. 이 셋을 원인으로 거론한 다음 가뭄과 지력 쇠퇴를 핵심 원인에서 배제하는 근거를 밝히고 사회 경제적 요인을 핵심이라 보는 이유를 썼다면, 예시 답안처럼 같은 표현을 반복하거나 불필요한 정보를 넣지 않아도 되었으리라는 이야기다.

표적지를 벗어난 화살

앞에서 두 논제의 예시 답안에 후한 점수를 주기 어려운 이유를 말했다. 그렇다면 "제시문에 나타난 '이주'와 '잔류'의 행위를 비교하여 논하라"는 [문항 1]의 〈논제 3〉 예시 답안은 어떨까? 밑줄 그은 곳에 특별한 의미를 두지 말고 일단 예시 답안을 읽어 보자. 이것 역시 잘 쓴 답안이라고 하기는 어렵다.

> 극심한 가뭄과 농업의 산업화로 인해 제시문 속의 농민들은 이주와 농장 잔류 중 하나를 선택해야 하는 처지에 놓여 있었다. 이주와 잔류는 모두 농민들이 주어진 환경에 대처하는 방식이라는 점에서 동일하다. 또한, 이주와 잔류는 모두 농민들의 자발적 선

택의 결과라는 점에서도 동일하다. 농장을 떠나는 것이나 농장에 남아 계속 목화를 재배하기로 결정한 것 모두 누구의 강요가 아닌 스스로의 선택에 의한 것이다.

그러나 문제 해결 방법으로 스스로가 선택한 이주와 잔류는 몇 가지 점에서 차이를 보인다. 첫째, 이주는 일자리를 농업뿐만 아니라, 새로운 영역으로 확장한 선택인 반면, 잔류는 오직 농업에 국한된 선택이다. 둘째, 이주는 사회적 변화에 대처하려는 선택인 반면, 잔류는 자연적 환경에 순응한 선택이다. 이주는 산업화, 경제 대공황 등의 변화된 사회적 환경에 적합한 삶의 방향을 모색하는 것이지만, 잔류는 해당 지역의 자연적 환경을 극복하는 방식으로 삶을 꾸려 가는 것으로 볼 수 있기 때문이다. 이처럼 이주는 문제 상황을 여러 각도에서 해결하려 한 적극적 대처이지만, 잔류는 몇 년을 버티기 위한 근시안적 선택이라는 점에서 소극적 대처라 할 수 있다.

이주와 잔류 모두 불확실한 미래에 대처하는 시민들의 일상적인 삶의 모습과 연관 지어 볼 수 있다. 실제로 우리는 제시문 속 소작농처럼 극복해야 할 현실의 문제에 직면하면서 살아가고 있다. 미래는 현실의 문제를 극복하는 과정에서 얻어지는 것이다. 올바른 문제 해결이란 그 문제를 발생시킨 원인을 적극적으로 제거할 때 얻어진다. 소작농들의 문제는 궁극적으로 사회적 환경에 의해 야기되었다. 따라서 잔류보다는 적극적으로 사회적 변화에 대처하려는 이주가 현실의 문제를 해결하는 데 더 적합하다고 할 수 있다. 또한 이주는 현실의 문제를 해결함으로써 새로운 미래를 열어 가는 단초가 되기 때문에 더욱 현명한 선택이라 할 수 있다.

어떤가? 고개를 끄덕일 수 있는 답안인가? 그렇지 않다. 〈논제 1〉 예시 답안이 그랬던 것처럼 여기에도 커다란 구조적 결함이 있다. 출제자는 일반적인 이주와 잔류 행위를 비교해서 논하라고 요구하지 않았다. '제시문에 나타난' 이주와 잔류를 비교해서 논하라고 했다. 따라서 답안을 제대로 작성하려면 먼저 제시문에 어떤 이주와 잔류 행위가 나타나 있는지부터 파악해야 한다.

그런데 글쓴이는 제시문과 논제를 정확하게 독해하지 않았다. 제시문에 나타난 잔류와 이주 행위가 어떤 것인지 찾아보지도 않은 채 이주와 잔류에 대한 일반론을 폈을 뿐이다. 게다가 그런 일반론을 근거로 잔류보다는 이주가 일반적으로 더 현명한 선택이라고 주장했다. 구조도 논리도 다 튼튼하지 않을 뿐만 아니라 논제와 크게 다른 방향으로 간 답안이다. 활쏘기라면 화살을 표적지 밖으로 날려 보낸 셈이다.

이 예시 답안은 구조를 잘못 세웠고, 구조를 잘못 세웠기 때문에 논리도 잘못 흐르고 말았다. 이제 밑줄 그은 문장을 눈여겨보면서 예시 답안을 다시 읽어 보자. 글쓴이는 이주와 잔류 둘 모두를 '자발적인 선택'으로 보았다. 또 그러한 자발적 선택의 바탕에는 경제적 이해타산이 놓여 있다고 주장했다. 농민들이 잔류와 이주의 장단점 또는 효용과 비효용을 검토해서 더 이익이 되는 쪽을 선택했다는 것이다. 일리는 있다. 거주 이전의 자유와 직업 선택의 자유를 보장하는 민주주의 국가에서는 누구든 살던 곳에 계속 살거나 다른 곳으로 이주할 자유가 있다. 또 잔류와 이주를 비교해서 이익이 더 큰 쪽을 선택하는 것이 합리적이다. 그런 점에서 이 예시 답안은 옳은 견해를 표명했다.

하지만 논리적으로 옳다고 해서 적절한 답안이 되는 것은 아니다. 이 예시 답안은 옳은 논리를 폈지만 출제자의 요구에 응답하는 데는 실패했다. 제시문은 농민들이 흉작과 생활고로 인해, 또는 지주에게 소작지를 빼앗긴 탓에 어쩔 수 없이 살던 곳을 떠나거나 도주하는 상황을 묘사했다. 법률적으로는 자유로운 선택이지만 사회 경제적으로 보면 강제된 이주였다고 보는 게 맞다. 제시문에는 희망에 들떠 설레는 마음이나 부푼 기대를 안고 떠나는 농민의 모습이 전혀 나오지 않는다.

그렇다면 잔류는 어떤가? 판단이 서지 않으면 제시문을 다시 읽어 보자. 제시문에는 잔류를 선택한 구체적 사례가 딱 하나 나온다. 조드에게 말을 하는 사람이다. 그는 만약 스스로 선택할 수 있었다면 일찌감치 캘리포니아에 가서 잘 살았을 것이라고 말한다. 그러나 '그들'이, 지주와 대리인이, 떠나라고 강요했기 때문에 떠나기를 거부하고 남아서 싸우는 중이다. 그런 말을 듣지 않았다면 떠났겠지만, 그런 말을 들은 마당에 떠날 수는 없다고 했다. 그는 떠날 자유가 있었고 서부로 이주하는 것이 더 이롭다고 생각했지만 떠나지 않았다. 이 선택은 자발적인 것이다. 그러나 경제적 이해타산에 따른 선택은 아니다. 이것이 '제시문에 나타난' 잔류 행위다. 수험생은 일반적 잔류 행위가 아니라 바로 이 구체적 잔류 행위를 해석하고 평가해야 한다.

게다가 글쓴이가 펼친 일반론이 전적으로 옳은 것도 아니다. 일반적으로 말하면, 이주와 잔류 가운데 어느 것이 더 진취적이고 현명한지 주장할 근거는 없다. 예컨대 농민들이 떠나지 않고 단결해서 지주와 싸운다면? 일하는 사람에게 토지를 주는 사회 혁명을 추구했다면? 그렇다면 잔류도 적극적이고 진취적인 선택이 될 수 있다.

또 세상에는 경제적 이해타산으로 보면 불합리할지라도 인간적 관점에서는 정당한 선택도 있을 수 있다. 떠나라는 강요에 굴복하면 인간적 존엄을 빼앗긴다고 생각할 경우, 온갖 불이익을 감수하고서라도 잔류할 수 있는 것이다. 인간은 경제적 이해타산의 노예가 아니라 자유와 존엄을 생명보다 더 중히 여기는 사회적 존재기도 하다. 제시문에 나온 잔류와 이주의 행위를 구체적으로 비교하면 〈논제 3〉 답안을 그런 방식으로 작성할 수도 있다.

[문항 1] 세 논제의 예시 답안을 모두 살펴보았다. 몇 점을 주면 합당할지 각자 생각해 보자. 앞서 말한 것처럼 내가 채점자라면 아무리 후하게 줘도 100점 만점에 70점 정도가 고작일 것이다.

이제 글쓴이가 누구인지 말할 때가 되었다. 이 예시 답안은 어느 유명한 대학 입시 전문 학원의 논술 참고서에서 가져온 것이다. 수험생이 실전이나 실전 연습에서 손으로 쓴 답안이 아니다. 수험생에게 대입 논술을 가르치는 전문가의 작품이다. 제한된 시간 동안 실전처럼 쓴 것이 아니라 충분한 시간을 가지고 컴퓨터로 작성한 답안이다.

그런데도 제시문과 논제를 잘못 독해했고 답안 구조를 잘못 설계했으며 출제자의 요구와 동떨어진 내용을 썼다.

이 예시 답안이 수험생들에게 용기를 주면 좋겠다. 유명 학원 교재의 예시 답안을 평가하려고 인용한 것은 아니다. 특별히 사교육을 받지 않고 혼자 훈련해도 잘 쓸 수 있다는 믿음을 가지라고 말하고 싶어서 인용했다. 수험생은 자기 자신을 믿어야 한다. 제시문과 논제를 꼼꼼하게 읽고 출제자가 요구하는 바를 제대로 파악하기만 하면, 그리고 논제가 이끄는 대로 따라가면서 중요한 정보를 메모하여 짧고 단순한 문장으로 연결하기만 하면, 유명한 학원의 논술 전문 강사보다 더 잘 쓸 수 있다는 확신을 가져야 한다.

거듭 말하지만 배경지식은 중요하지 않다. 어려운 전문 용어나 화려한 문장을 구사하는 능력이 없어도 된다. 최고의 논술문을 쓰려면 오랜 세월 많은 책을 읽고 깊이 생각하면서 꾸준히 글을 써야 한다. 그러나 앞서 말한 것처럼 괜찮은 논술문을 쓰는 것은 그보다 훨씬 수월하다. 시험 글쓰기의 원칙을 몇 가지 숙지하고 그 원칙에 따라서 짧은 기간 글 쓰는 훈련을 집중해서 하면 괜찮은 수준의 논술문을 쓸 수 있다.

[문항 1] 예시 답안

무너지지 않아야 잘 지은 집이다

앞에서 세 문항과 그에 딸린 논제 여덟 개에 대한 답안을 쓰기 위해 작성한 메모를 보았다. 이제 그 메모를 토대로 삼아 작성한 답안을 보기로 하자. 나는 이 답안을 작성하면서 시험 글쓰기의 규칙을 잘 지켰다. 첫째, 정해진 분량을 생각하면서 적절한 길이로 썼다. 둘째, 단문을 기본으로 하고 꼭 필요할 때만 복문을 썼다. 셋째, 논제가 요구하지 않은 것은 쓰지 않았다.

잠시 31쪽으로 돌아가 [문항 1]의 제시문과 세 논제를 다시 살펴보고, 앞에서 본 최종 메모를 문장으로 바꾼 다음 예시 답안을 읽어보자. 해설은 앞에서 다 했으니 반복하지 않겠다. 이 예시 답안을 멋지고 화려한 집이라고 할 수는 없다. 그러나 쉽게 무너지지 않는 집인 것만은 확실하다고 본다. 시험 글쓰기에서 가장 중요한 것은 출제 자의 요구를 존중하면서 구조적 결함이 없는 논술문을 쓰는 것이다.

〈논제 1〉

제시문은 두 가지 상황을 보여 준다. 첫째, 미국 중서부 스텝 지역 농민들이 대거 살던 곳을 떠나 서부 지역으로 이주했다. 둘째, 그들은 서부 지역에서 실업자나 저임금 노동자가 되어 비참하게 살아야 했다.

농촌 해체 또는 대규모 이농 현상의 원인은 세 가지였다. 첫째는 가뭄이라는 자연재해였다. 그림에서 보이듯 1935년 강수량은 평년의 절반 수준이었고 그 전후에도 비가 적게 내렸다. 가뭄이 닥치면 흉작으로 농가 소득이 감소하기 마련이다. 둘째는 토양 황폐화라는 생태학적 문제였다. 과도한 개간과 장기간의 목화 단일 재배로 지력이 쇠퇴했기 때문에 가뭄의 피해가 더욱 심각해졌다. 셋째는 경작 단위를 확대하고 트랙터를 도입한 영농 기계화였다. 대공황에 직면한 지주들은 기계를 도입함으로써 생산비를 줄이고 이윤을 늘리려 했다. 농민들은 소작료와 세금을 내지 못해 도망치거나 소작지를 빼앗기고 쫓겨났다.

이주지에서의 비참한 생활은 두 가지로 원인을 정리할 수 있다. 첫째, 너무 많은 농민이 서부로 유입되었기 때문에 그 지역에 노동력 과잉 공급 현상이 일어났다. 일자리를 찾기 어려운 것은 당연한 일이었다. 둘째, 농민들은 노동자가 되었지만 조직과 지도

자가 없었다. 단결해서 함께 살아남기보다는 혼자라도 살아남기 위해 처절한 임금 인하 경쟁을 벌였다.

〈논제 2〉

주민들이 원거주지를 떠난 세 가지 원인 가운데 핵심은 지주들이 대공황을 극복하려고 추진한 영농 기계화라고 보는 것이 타당하다. 자연재해나 생태학적 문제가 아니라 사회 경제적 상황 변화가 핵심 원인이었던 것이다.
강수량 기록에서 볼 수 있듯 이 지역에는 주기적으로 가뭄이 찾아왔다. 1910년대에도 1935년과 비슷한 가뭄이 있었고 1950년대와 1970년대 역시 마찬가지였다. 그러나 대규모 이농 사태가 벌어지지는 않았다. 목화 단일 재배로 인한 지력 쇠퇴와 토양 황폐화 역시 이 시기에 새로 생긴 문제가 아니라 오랜 세월 지속되어 온 문제였다. 가뭄과 토양 황폐화는 농업 생산성을 하락시켜 농민들의 삶을 어렵게 만들었고 그들이 살던 곳을 떠나게 했다. 하지만 이 두 가지만으로는 왜 하필이면 대공황 시기에 그토록 엄청난 규모의 이주 현상이 일어났는지를 설명하기에 충분하지 않다.
영농 기계화는 대공황으로 파산 위기를 맞은 지주들의 자구책이었다. 소설에서 묘사한 것처럼, 지주들은 트랙터를 들여오고 영농 규모를 확대하면서 소작농을 내쫓았다. 대공황 시기를 견디고 살아남기 위해서 지주들은 생산비를 낮추어야 했다. 이 시기 미국 중서부 스텝 지역의 농촌이 붕괴된 핵심 원인은 이와 같은 사회 경제적 변화에서 찾는 것이 타당하다고 본다.

〈논제 3〉

자유 국가에서 '이주'와 '잔류'는 겉보기에 모두 자유로운 선택이다. 둘 이상의 선택 가능한 대안이 있을 때 사람은 그 장점과 단점을 비교해서 전체적으로 더 낫다고 생각하는 쪽을 선택한다. 농민들은 '잔류'할 경우 익숙한 관계와 환경 속에서 살아갈 수는 있지만 생존에 필요한 소득을 얻기가 사실상 불가능했다. 반면 '이주'할 경우에는 아는 사람도 없이 낯선 환경 속으로 들어가야 하지만 일자리를 얻을 가능성이 있었다. 일반론으로 말하면, '잔류'의 단점을 크게 느끼고 '이주'에 따르는 불확실성을 덜 두려워하는 사람일수록 '이주'를 선택할 가능성이 높다. 반면 '잔류'의 장점을 중시하고 '이주'의 어려움을 크게 두려워하면 '잔류'를 택하게 된다. '잔류'와 '이주', 둘 다 각자의 선호에 따른 합리적인 선택일 수 있다.

그러나 제시문에 나타난 농민들의 '이주'는 자유로운 선택이라기보다 강제된 것으로 보아야 한다. 영농 기계화로 인해 소작지를 빼앗기고 흉년 때문에 빚을 진 농민들에게는 '잔류'의 단점이 너무나 강력하고 확실했기 때문에 모든 것이 불확실한데도 '이주'를 받아들이지 않을 수 없었다. 그들은 사실상 선택할 자유가 없었다. 적어도 한동안은 소득 없이 견딜 만한 경제적 자산과 능력이 있는 농민이라야 '이주'든 '잔류'든 자유롭게 선택할 수 있었다. 그런데 인간에게 경제적 계산만 중요한 것은 아니다. 제시문에 등장하는 조드의 대화 상대는 '잔류'를 선택했다. 그는 스스로 캘리포니아로 이주할 생각이 있었지만, 지주가 떠나라고 강요했기 때문에 떠나기를 거부하고 남았다. 제시문에 구체적으로 등장하는 잔류 행위의 사례는 이것 하나뿐이다. 이 사례는 자유와 존엄성을 실현하려는 의지가 때로는 경제적 이해타산보다 더 강력한 행위의 동기가 될 수 있다는 것을 보여 준다.

[문항 2] 예시 답안

답안 분위기는 논제 분위기를 닮는다

다음은 [문항 2] 최종 메모를 문장으로 쓴 답안이다. 〈논제 1〉과 〈논제 2〉보다 〈논제 3〉에 더 많은 시간과 분량을 배정했다. 제시문과 논제가 매우 건조한 통계학 개념과 논리를 사용했기 때문에 답안도 비슷한 분위기가 난다. 그게 자연스럽다.

〈논제 1〉

그래프 1-a는 언어 차이가 심한 지역일수록 소득 격차가 크다는 것을 의미한다. 그래프 1-b는 소득 격차가 큰 지역일수록 주민들의 공동체 의식이 희박하다는 것을 보여 준다. 그래프 1-c는 언어 차이가 심한 지역일수록 공동체 의식이 미약하다는 것을 보여 준다.

제시문은 다음과 같은 가설을 제시했다. '언어 이질성은 소득 이질성을 확대하고 공동체 의식을 약화시키는 원인이다. 소득 이질성 역시 공동체 의식을 약화시키는 원인이다. 언어 이질성은 직접적으로, 그리고 소득 이질성 확대를 거쳐 간접적으로 공동체 의식을 약화시킨다.' 국가 A의 데이터는 이 가설이 성립할 가능성을 보여 준다. 그러나 어디까지나 가능성일 뿐이다. 가설을 증명하려면 다른 국가의 데이터가 필요하다.

〈논제 2〉

그래프 2-a는 그래프 1-a와 달리 언어 이질성 지표와 지니 계수가 무관하다는 것을 보여 준다. 그래프 2-b는 그래프 1-b와 달리 지니 계수와 자원봉사율이 무관하다는 것을 보여 준다. 반면 그래프 2-c에서는 그래프 1-c와 마찬가지로 언어 이질성 지표가 높을수록 자원봉사율이 낮다. 제시문의 가설적 인과관계 중에서 국가 B와 다른 나라들에도 적용할 수 있는 것은 언어 이질성이 공동체 의식을 약화시킨다는 것 하나뿐이다.

결국 그래프 1-a가 보여 주는 것은 언어 이질성과 소득 격차의 인과관계가 아니다. 그것은 국가 A에 언어 차이를 이유로 한 사회경제적 차별이 있다는 사실을 의미한다. 그렇기 때문에 유독 국가 A에서만 언어 이질성 지표가 높은 지역일수록 지니 계수가 컸던 것이다. 그래프 1-b도 소득 격차와 자원봉사율의 인과관계를 보여 주는 것이 아니다. 국가 A에는 차별이 있기 때문에 언어 이질성 지표가 높은 지역의 지니 계수가 높고 자원봉사율이 낮은 것이다. 그래프 1-b는 언어 이질성이라는 하나의 원인이 높은 지니 계수와 낮은 자원봉사율이라는 두 현상을 동시에 만들어 냈다는 사실을 보여 줄 뿐이다. 국가 A는 미국이나 남아공, 국가 B는 스위스나 캐나다와 비슷하다.

〈논제 3〉

언어 이질성이 공동체 의식을 좌우한다면 공동체 의식을 높이기 위해서는 언어 이질성을 해소해야 한다. 만약 언어 이질성 자체를 해소하기 어렵다면 그 악영향을 최소화하는 정책이라도 써야 한다.

언어 이질성을 해소하려면 공용어를 정하고 공공 기관과 언론이 오직 공용어만 사용하며 주민들이 공용어 교육을 받도록 하는 방안을 쓸 수 있다. 그러나 이런 정책은 문화적 소수자를 억압하고 언어의 다양성을 말살하는 강압적 정책이라는 비판을 받을 가능성이 크다.

주민들이 다른 언어를 배우고 익힐 기회를 제공하면 언어 이질성을 해소하지는 못해도 상호 이해와 협력을 증진할 수 있다. 복수의 언어를 공용어로 지정하거나, 학생들이 여러 언어를 배우게 하거나, 다양한 언어를 사용하는 언론 매체를 지원하거나, 서로 다른 언어를 쓰는 주민들이 함께 어울릴 수 있는 문화 행사를 여는 것이다.

이런 것이 일반적 방안이지만 국가 A의 경우에는 언어를 경계로 한 사회 경제적 차별을 해소하기 위해 특별한 노력을 해야 한다. 언어에 따라 사회 경제적 지위가 다른 곳에서는 공동체 의식을 함양하려는 어떤 정책도 제대로 효과를 낼 수 없기 때문이다.

[문항 3] 예시 답안

논제는 복잡해도 답안은 단순하게

이제 가장 난해했던 [문항 3] 예시 답안을 보자. 제시문과 논제, 그리고 최종 메모를 다시 본 후 다음 예시 답안을 살펴보기를 권한다. 여기서는 나폴레옹이 운명론을 믿으면서 자신의 운명을 바꾸기 위해 손금 성형을 감행한 이유를 상상해서 적었다. 그러나 앞서 말한 것처럼 무작정 상상한 게 아니라 손금 보는 사람들의 심리를 나폴레옹에게 적용하는 방식으로 상상했다. 그렇기 때문에 앞의 두 문항과 달리 [문항 3] 답안은 자연스럽게 문학적 분위기를 살짝 풍긴다.

논제가 비비 꼬였다고 해서 답안마저 그래야 하는 것은 아니다. 논제가 복잡할수록 답안은 단순하게 짜는 게 좋다. 그렇게 하려고 노력하지 않고 논제의 분위기를 따라가면 자칫 답안마저 꼬이고 뒤틀

리게 된다. 단순한 구조를 가진 논술문은 혼자 있으면 빛나지 않는다. 그러나 복잡하고 혼란스러운 논술문 사이에 있으면 단연 돋보인다.

〈논제 1〉

1815년 나폴레옹은 엘바 섬 탈출을 계획하고 있었다. 러시아 정복 전쟁 실패로 인해 황제의 지위를 잃어버렸던 때를 돌아보면서 권력을 다시 찾겠다는 의지를 불태웠다. 그런데 마음에 걸리는 문제가 하나 있었다. 손금의 권력선이 끊어져 있다는 것이었다.
나폴레옹은 운명을 믿었다. 모든 사람에게는 피할 수도 거부할 수도 없는 운명이 있으며, 그 운명이 어떠한지는 손금에 나타난다고 생각했다. 그런데 자신의 손금 중에서 하필이면 권력선이 끊어져 있었다. 그는 바로 그 손금이 권력을 잃고 엘바 섬에 유폐당할 운명을 보여 주는 것이 아닌지 의심했다. 만약 권력을 탈환해 다시 황제 자리에 오르는 것이 자신의 운명이라면 손금의 권력선이 다시 이어져야만 한다고 생각했다.
나폴레옹에게 손금은 운명의 표식이었을 뿐만 아니라 운명 그 자체였다. 그는 운명이 손금에 나타난다고 믿는 데 그치지 않았다. 손금이 운명을 결정한다고, 손금을 성형하면 운명을 변경할 수 있다고 믿었다. 그래서 엘바 섬 탈출을 앞두고 손바닥을 칼로 그어 끊어져 있던 권력선을 이어 붙였다.
나폴레옹의 '손금 성형 수술'은 명백히 비논리적이고 불합리한 행위였다. 만약 운명이 정해져 있다면 손금은 기껏해야 그 운명을 보여 주는 표식에 지나지 않는다. 손금을 바꿈으로써 운명을 바꿀 수 있다면 애초에 정해진 운명이라는 것도 존재하지 않는다고 해야 논리적으로 앞뒤가 맞다. 그러나 나폴레옹에게 논리의 정합성은 아무 문제가 아니었다. 손금 성형은 나폴레옹이 자신의 결정으로 운명을 개척하겠다는 주체적 의지를 표현하는 수단이었다.

〈논제 2〉

'손금을 보는 것과 같은 행위'는 자신의 미래 또는 운명을 어떤 방법으로 알아보는 행위를 말한다. 이런 행위는 여러 기준으로 분류할 수 있다. 예를 들어 인생 전체의 운명을 알아보려 하는 행위(사주)와 특정한 의사 결정의 직접적인 결과를 알아보려는 행위(혼인 택일)로 분류한다든가, 인간의 신체 특징에서 운명을 읽으려는 행위(관상)와 자연 현상에서 알아보려는 행위(별점)로 분류하는 것이다.

여기서는 (조건 1)과 (조건 2)를 고려해서 행위의 동기를 분류 기준으로 설정했다. 운명에 순응하려는 뜻을 가진 행위(예: 궁합)와 운명을 바꾸려는 의지를 반영한 행위(예: 개명)로 나누는 것이다. 궁합을 왜 보는가? 운명적으로 잘 어울리는 짝이 있다고 믿고 그런 짝과 혼인함으로써 운명에 순응하려는 것이다. 그러나 개명은 다르다. 어떤 사람이 만사에 너무 느려서 손해 보는 사주를 극복하려고 이름을 고쳤다고 하자. 이 사람에게 개명은 나폴레옹이 손금을 성형한 것과 동일한 의미를 가진다. 개명은 손금 성형과 마찬가지로 운명을 바꾸는 것이 목적이다.

인간이 이러한 행위를 하는 것은 미래가 불확실하고 인간 능력에 한계가 있기 때문이라고 본다. 만약 미래를 확실하게 예측할 수 있고 모든 일을 자기 힘으로 통제할 수 있다면 손금을 보거나 손금을 성형하는 것과 같은 행위를 할 사람은 없을 것이다. 그러나 자연과 사회에는 예측할 수 없고 감당하기 어려운 위험이 존재한다. 사람들은 그런 것을 운명으로 여긴다. 운명을 미리 파악해서 불행을 피하거나 막고, 행운을 불러들이려고 하며, 자기 힘으로 할 수 없기에 운명, 신, 절대자, 귀신을 탓하거나 그에 의지하려는 것이다.

과학의 발전과 더불어 운명론과 미신의 힘이 크게 약화된 사실을 근거로, 손금을 보는 것과 같은 비논리적이고 불합리한 행위를 하는 것은 인간의 한계가 아니라 무지 때문이고, 언젠가는 결국 다 사라질 것이라고 지적할 수도 있다. 일리가 있다. 그러나 과학이 아무리 발전해도 불확실성과 위험을 완전히 제거하지는 못한다. 비행기 추락, 지진, 소행성의 지구 충돌과 같은 위험은 상존할 것이다. 따라서 정도와 양상은 달라도 손금을 보는 것과 같은 행위가 완전히 사라지는 일은 없을 것이라 생각한다.

세 문항에 딸린 여덟 논제의 예시 답안을 살펴보았다. 노파심에서 다시 한 번 말한다. 이것은 정답이 아니다. 모범 답안도 아니다.

인정할 수 있는 여러 답안 가운데 하나일 뿐이다. 독자들이 눈여겨보아야 할 것은 이 예시 답안의 내용이나 문장이 아니라 그것을 생산한 과정과 방법이다. 내용은 잊어버려도 된다. 같은 시험 문제를 받을 확률은 0퍼센트니 기억하는 게 의미가 없다. 문장도 모방할 필요가 없다. 단문이 기본인 글인데 배울 문장이 뭐 있겠는가. 하지만 아래 여덟 가지는 절대 잊지 말기 바란다.

1. 논술 시험 문제를 받으면 가장 먼저 제시문과 논제를 대략 훑어보고 시간표를 짠다.
2. 같은 문항에 논제가 둘 이상 있으면 모든 논제를 한꺼번에 독해하고 답안 설계도 모두 한꺼번에 한다.
3. 배경지식에 의존하지 말고 제시문과 논제를 독해하는 데 집중한다.
4. 시험 시간의 절반을 제시문과 논제를 독해하고 중요한 정보와 논리를 메모하는 작업에 쓴다.
5. 메모를 최대한 상세하게 수정 보완한 다음에 문장 쓰기를 시작한다.
6. 정해진 분량을 지켜서 쓴다.
7. 문장은 단문을 기본으로 하고 꼭 필요할 때만 복문을 쓴다.
8. 불필요한 정보는 쓰지 말아야 하고 필요한 정보라도 반복하지 말아야 하며 출제자가 요구하지 않은 것은 절대 쓰지 않는다.

5

스스로 글을 고치는 방법

답을 써 보는 것으로 실전 연습을 끝내서는 안 된다.

답을 써 보는 것 자체도 중요하지만 자신이 쓴 답을 스스로 고쳐 보는 경험은 더 중요하다.

남한테 소위 '일대일 첨삭' 지도를 받는 것보다는

동료들과 토론해서 스스로 첨삭하는 것이 훨씬 효과적이다.

이유는 분명하다. 실전에서는 남한테 첨삭 지도를 받을 수 없다.

오로지 스스로 답안을 고치고 개선하는 자기 주도형 첨삭만 허용된다.

이제 우리는 시험 글쓰기 훈련의 마지막 단계에 들어섰다. 지금까지 이야기한 그대로 기출문제 실전 연습을 했다고 하자. 정해진 시간은 흘러갔고 수험생의 손에는 논술문이 남았다. 이런 의문이 떠오를 것이다. 이것은 제대로 쓴 글인가? 이렇게 쓰면 합격할 수 있을까? 자기가 쓴 글을 스스로 평가하기는 어렵다. 누군가 평가해 줄 사람을 찾아야 한다. 학교 선생님, 과외 선생님, 학원 선생님, 아버지, 어머니, 삼촌, 누구든 평가할 능력이 있는 사람이면 된다. 그런데 믿을 만한 사람을 찾기가 그리 쉽지만은 않은 게 현실이다.

학교에는 국어 선생님, 사회 선생님이 있을 뿐 논술 선생님은 없다. 전문가들은 대입 수능 시험 문제가 종합적 사고력과 해결 능력을 측정하는 도구로서 훌륭하다고 말한다. 그러나 공교육의 교육 과정은 수능 시험에 맞는 체제가 아니다. 선생님들은 종합적 사고력을 길러 주는 게 아니라 담당하는 과목의 교과서 내용을 가르친다. 대학이나 국가 기관, 기업의 논술 시험도 그렇다. 공교육에는 논술문 쓰는 법을 가르치는 과목이 없다.

경제적으로 넉넉하면 이 문제를 학교 밖에서 돈으로 해결하기도 한다. 논술을 전문으로 하는 과외 선생님이나 학원 선생님에게 의지하는 것이다. 어떤 방식으로? 도서 목록을 받고, 책을 읽고, 예상문제로 글을 쓰고, 배경지식 강의를 듣고, 자기가 쓴 답안에 대한 '일대일 첨삭' 지도를 받는 방식이다. 전문가는 소위 '빨간 펜 선생님'이다. 수험생이 작성한 논술문에 빨간 펜으로 이건 빼고, 이건 바꾸고, 이건 보충하라는 식으로 '정답'을 가르쳐 주는 것이다. 유명 강사는 시간이 없기 때문에 명문 대학에 다니는 '알바 강사'가 첨삭 지도를 하는 경우가 많다. '일대일 첨삭' 지도가 도움이 되기는 한다. 하지만 투입하는 시간과 비용을 생각하면 효과가 만족스럽다고 하기는 어렵다.

그렇다면 더 효율적인 방법이 있을까? 그렇다. 돈과 시간이 덜 들면서도 효과는 훨씬 뚜렷한 방법이 있다. 학교와 학원에서도 활용할 수 있는 방법이다. 굳이 이름을 붙이자면 '토론을 통한 자기 주도형 첨삭'이다. 자신이 쓴 글을 다른 수험생과 함께 검토하고 토론한 다음 자기 손으로 수정하는 방법이다. 이런 식으로 훈련해야 실전에서도 자기가 쓴 글의 장단점을 스스로 찾아서 교정할 수 있다. 남에게 맡기는 '수동형 첨삭'과는 비교할 수 없을 만큼 효과가 크다.

자기 주도형 첨삭

나는 딸의 대입 논술 시험 준비를 그런 방식으로 도와주었다. 토론만 했을 뿐 첨삭해 주지는 않았다. 효과가 있다는 판단이 들어서 아내한테 물어보았다. *우리 딸 친구들 그룹을 만들어서 지도해 주면 어떨까?* 괜히 말했다가 면박만 당했다. *엄마들이 대치동 논술 학원 선생님을 믿지 당신을 믿겠어?* 하긴 그랬다. 내가 대학의 채점 기준을 아는 것도 아니고 논술을 가르친 경험도 없는데, 도대체 뭘 믿고 남의 집 아이들을 지도한다는 말인가.

그렇지만 나는 '토론을 통한 자기 주도형 첨삭'의 효과를 확신한다. 약 20년 전 독일 마인츠대학교에서 석사 취득 필기시험을 그렇게 치렀고, 딸의 대입 논술 시험 준비도 비슷한 방식으로 도왔다. 3년 후

아들의 대입 논술 시험 준비를 돕는다면 역시 같은 방법으로 할 것이다. 그리고 그런 마음으로 독자들에게 이 훈련법을 권한다.

수험생들은 기출문제나 예상문제를 가지고 실전 연습을 한다. 그런데 논술 시험은 매우 다양하며 시험의 종류에 따라 문제 유형이 다르다. 기왕이면 같은 시험을 준비하는 수험생들끼리 스터디그룹을 만드는 게 좋다. 실력이 비슷한 수험생들이 그룹을 만들어도 좋고 실력 차이가 제법 나는 수험생들이 모여도 된다. 실력이 비슷하면 서로 가르치고 배우는 게 있다. 실력 차이가 있으면 잘하는 학생이 손해를 볼지도 모른다고 생각할 수 있지만 사실은 그렇지 않다.

네 명이 스터디그룹을 만들었는데 한 명이 탁월하고 나머지 셋은 보통이라고 하자. 탁월한 수험생은 다른 동료들이 알아들을 수 있도록 최대한 쉽고 명료하게 이야기하려고 애쓰게 된다. 그렇게 하다 보면 그 수험생 자신도 더 넓고 깊게 제시문과 논제를 이해할 수 있고 더 명료한 논리를 구축할 수 있다.

모두 그렇지는 않을 수 있겠지만 적어도 내 경험은 그랬다. 독일 유학 시절, 나는 독일어가 신통치 않아서 독일 친구들의 필기시험 스터디그룹에 들어가지 못했다. 평소 알고 지냈던 스페인 출신 글로리아는 독일어가 유창한데도 나처럼 혼자였다. 글로리아는 공부가 조금 신통치 않아서 스터디그룹에 들어가지 못한 독일 여학생 둘을 데리고 왔다. 그렇게 넷이 의기투합해서 스터디그룹을 만들었다.

우리는 필수 과목인 경제 이론과 재정학, 경제 정책론 필기시험을 함께 준비했다. 기출문제를 함께 검토하고 각자 답안을 작성했으며, 그 답안을 서로 돌려 보면서 토론했다. 나는 독일어가 서툴렀지만 모여서 공부할 때마다 말을 많이 해야 했다. 우리 네 명이 왜 모였는지를 떠올리면 결코 자랑할 일이 아니지만, 그래도 공부로 말하자면 넷 중에서는 내가 제일 잘했기 때문이다. 아무튼 나는 친구들에게 최대한 쉽고 명료하게 쟁점을 설명하려고 애썼다. 그러는 동안 더 확실하고 깊이 있게 주제와 쟁점을 이해하게 되었다. 애초에는 기대하지 않았던 효과였다.

스터디그룹을 운영하는 방식에는 특별한 게 없다. 모여서 실전 연습을 할 기출문제나 예상문제를 정한다. 흩어져서 각자 실전과 같은 조건에서 답안을 쓴다. 다시 모여서 답안을 돌려 읽는다. 서로 다른 관점, 다른 논리, 다른 문장에 대해서 의견을 나눈다. 각자 자신이 쓴 답안에 어떤 결함이 있는지 살핀다. 답안을 어떻게 써야 좋은 평가를 받을지 의견이 일치할 수도 있고 끝까지 다를 수도 있다. 합의가 되든 되지 않든 상관없다. 어차피 정답은 없으니까 다양한 관점과 논리를 교환하면 그것으로 충분하다.

토론이 끝나면 헤어져서 각자 답안을 다시 쓴다. 그리고 또다시 모여서 두 번째 답안을 돌려 읽고 토론한다. 이 과정을 처음부터 끝까지 다시 한 번 밟는다. 이렇게 하면 하나의 기출문제를 가지고 세 번 논술문을 쓰게 된다. 같은 시험 문제를 가지고 쓴 세 개의 답안을 비교해 보면 적지 않게 차이가 날 것이다. 내용과 논리와 문장이 다 달라져 있어야 한다. 자기 주도형 첨삭을 한 만큼 나중에 쓴 것이 더 훌륭해야 정상이다.

기출문제로 하든 예상문제로 하든, 답을 써 보는 것으로 실전 연습을 끝내서는 안 된다. 답을 써 보는 것 자체도 중요하지만 자신이 쓴 답을 스스로 고쳐 보는 경험은 더 중요하다. 남한테 소위 '일대일 첨삭' 지도를 받는 것보다는 동료들과 토론해서 스스로 첨삭하는 것이 훨씬 효과적이다. 이유는 분명하다. 실전에서는 남한테 첨삭 지도를 받을 수 없다. 오로지 스스로 답안을 고치고 개선하는 자기 주도형 첨삭만 허용된다. 시험장에서 허용된 행위를 연습해야지, 금지된 행위를 뭐하러 연습한다는 말인가.

물론 실전에서는 스터디그룹 동료들과 토론할 수 없다. 마음속으로 혼자 토론해야 한다. 완성한 답안으로 하는 게 아니다. 문장으로 쓰기 전인 메모 단계에서 자기 주도형 첨삭 작업을 해야 한다. 최초 메모를 만들고, 제시문과 논제를 다시 보면서 메모를 수정 보완해 나가고, 시험 시간의 절반이 지날 때까지 최종 메모를 만드는 과정이 바로 자기 주도형 첨삭이다. 이것을 잘하는 사람이 좋은 성적을 얻는다.

구술 면접은 논술 시험과 다르지 않다

'토론을 통한 자기 주도형 첨삭' 훈련을 얼마나 많이 해야 할까? 많이 할수록 좋다는 건 말할 나위도 없다. 그러나 시간이 무한정 있는 것이 아닌 만큼, 마냥 많이 할 수는 없다. 각자 형편이 닿는 만큼 하면 된다. 시간이 많지 않다고 너무 걱정하지는 말자. 이 훈련의 목표가 지식수준을 높이는 것은 아니기 때문이다.

대형 서점에 가면 책이 엄청나게 많다. 그 책을 다 읽어야만 교양인이 되는 것은 아니다. 시험 글쓰기도 그렇다. 논술 시험에 나올 수 있는 제시문과 주제는 무수히 많다. 그걸 다 알아야 논술문을 잘 쓸 수 있는 것이 아니다. 수험생에게 필요한 것은 주어진 텍스트를 정확하게 이해하고 출제자의 요구에 맞추어 쉽고 명료하게 글을 쓸 수 있는 능력이다. 자기 주도형 첨삭 훈련을 포함한 논술 시험 실전 연습은 그런 능력을 키우기 위한 것이지 수험생을 지식으로 무장시키기 위한 훈련이 아니다. 그래서 형편이 닿는 만큼 적당한 횟수만 하면 된다는 것이다. 굳이 횟수를 특정하자면 기출문제 다섯 개 정도를 선정해서 전체 실전 연습 과정을 다섯 바퀴 정도 반복하면 어느 정도 몸에 익을 것이다. 두 달 정도면 할 수 있다.

마지막으로 구술 면접에 대해서 간략하게 이야기하겠다. 앞에서 논술 시험과 구술 면접은 근본적으로 같은 성격을 가진 시험이라고 했다. 성격이 같은 시험이라면 준비 과정도 당연히 같을 수밖에 없다. 지금까지 이야기한 논술 시험의 실전 훈련 방법은 구술 면접을 준비하는 데 그대로 활용할 수 있다. 특히 스터디그룹 토론은 논술 시험보다 구술 면접 준비에 더 중요하다. 그러나 구술 면접이라고 해서 모든 것을 말로만 훈련해야 하는 것은 아니다.

논술 시험과 구술 면접의 가장 중요한 차이는 질문하고 답변하는 방식과 횟수이다. 논술 시험은 출제자가 한 번 묻고 수험생이 한 번 대답한다. 수험생은 충분한 시간을 가지고 심사숙고해서 답안을 쓴다. 답안을 제출하고 나면 스스로 잘못 썼다는 사실을 인지해도 수정할 기회가 없다. 반면 구술 면접은 여러 번 묻고 여러 번 대답하는 시험이다. 시험관은 수험생의 답변을 들은 다음 추가로 질문하거나 반박할 수 있다. 그 과정에서 수험생은 잘못 답한 것이 있다고 느낄 경우 수정해서 대답할 기회가 있다.

[문항 3]의 〈논제 2〉에는 세 가지 조건이 딸려 있었다. 그중에서

(조건 3)은 '자신의 견해에 대한 예상 반론과 그것에 대한 반박을 포함시킬 것'을 요구했다. 이것은 구술 면접의 방식을 논술 시험에 도입한 것으로 볼 수 있다. 이 논제의 예시 답안 마지막 부분을 대화체로 바꾸어 보겠다. 구술 면접이라면 아래와 같이 진행되었을 것이다.

시험관 사람들은 무엇 때문에 손금 보는 것과 같은 행동을 한다고 생각합니까?

수험생 인간 능력의 한계 때문이라고 봅니다. 만약 미래를 확실하게 예측할 수 있고 모든 일을 자기 힘으로 통제할 수 있다면 손금을 볼 사람은 없을 겁니다. 자연과 사회에는 예측할 수 없고 감당하기 어려운 위험이 있기 때문에 사람들은 그런 것을 운명으로 여기면서 자기의 운명을 미리 알아보려고 합니다. 자기 힘으로 불행을 피하거나 행운을 불러들이지 못하니까 운명이나 신, 절대자, 귀신을 믿고 의지하려 하는 것이지요.

시험관 불합리한 행동 아닌가요?

수험생 네, 불합리합니다.

시험관 그렇다면 그건 인간의 본질적 한계라기보다는 무지 때문이 아닐까요? 잘 모르면 합리적으로 행동할 수 없는 것이니까요. 과학이 발전한 덕에 지금은 옛날보다 귀신이나 운명을 믿는 사람이 많이 줄었지 않습니까? 과학이 아주 높은 수준으로 발전하면 손금 보는 것과 같은 행위는 완전히 사라질 것이라고 주장할 수 있는데, 학생 생각은 어떤가요? 반론해도 좋습니다.

수험생 일리 있는 견해라고 생각합니다. 하지만 과학이 아무리 발달한다고 해도 미래의 불확실성과 삶의 위험을 완전히 제거하지는 못합니다. 예를 들어 비행기 추락이나 지진, 소행성의 지구 충돌과 같은 위험은 사라지지 않습니다. 따라서 정도와 양상은 달라지겠지만 운명을 알아보려 하거나 복을 비는 행위가 완전히 사라질 수는 없다고 생각합니다.

구술 면접을 이렇게 진행했다면 이 수험생은 상당히 좋은 성적을 받았을 것이다. 어떻게 훈련하면 구술 면접을 잘 볼 수 있을까? 논술 시험 실전 훈련을 하는 것과 똑같은 방식으로 하면 된다. 단순히 말솜씨를 개선한다고 해서 되는 일이 아니다. 논술 시험이 글솜씨를 테스트하는 시험이 아닌 것과 마찬가지로, 구술 면접도 말솜씨를 테스트하는 시험이 아니기 때문이다. 텍스트를 독해하는 자세, 필요한 정보를 선별하고 활용하는 능력, 어휘와 논리 구사력의 수준, 지식수준 등 수험생의 지적 능력 전반을 파악하는 것이 시험의 목적이다. 따라서 말솜씨를 연마하는 것이 구술 면접 준비의 핵심일 수는 없다.

구술 면접을 볼 때 수험생은 자료를 받고 일정 시간 동안 대기한다. 그 시간에 자료를 독해하고 생각을 가다듬어야 한다. 이는 구술 면접 수험생도 텍스트 독해력이 있어야 한다는 것을 의미한다. 완전한 문장으로 글을 쓸 필요는 없지만 그 직전 단계인 메모 작성까지는 논술 시험 실전 훈련과 똑같이 하는 것이 바람직하다.

말과 글은 근본적으로 같다. 생각과 감정을 소리로 표현하면 말이 되고 문자로 표현하면 글이 된다. 글은 잘 쓰는데 말은 잘하지 못하는 사람이 있고, 말은 잘하면서도 글은 신통치 않은 사람도 있다. 둘 모두 잘하는 경우가 드물다는 이야기도 널리 퍼져 있다. 하지만 사실은 그렇지 않다. 말을 잘하는 사람이 글도 잘 쓰고 글을 잘 쓰는 사람이 말도 잘한다. 생각과 언어를 연결하는 우리 뇌의 회로는 말과 글이 다르지 않다.

그런데 가끔 말은 잘하지 못하는데 글을 기막히게 잘 쓰는 사람이 있긴 하다. 왜 그럴까? 글을 쓰는 동안 생각하고 다듬고 고치는 데 많은 노력과 시간을 쏟아부었기 때문이다. 잘 쓴 논술문은 그렇게 해서 나온다. 이 책의 시험 글쓰기 훈련 방법은 수험생이 그런 논술문을 쓸 수 있게 돕기 위한 것이다. 논술 시험장에 들어간 수험생이 주어진 시간 동안 주제와 논리를 깊이 생각하고, 글을 쓰고 고치고 다듬는 작업을 최대한 효과적으로 할 수 있도록 도와주는 훈련법이라는 이야기다.

논술 시험과 달리 구술 면접에서는 제시문을 독해한 다음 질문을 받으면 곧바로 대답해야 한다. 논술 시험으로 치면 초고를 일필휘지로 써서 수정하지 않은 채 그대로 제출하는 셈이다. 그렇지만 결국은 마찬가지다. 시험관이 반박하거나 더 깊이 들어가는 질문을 하면 수험생은 재반박을 하거나 답변을 수정하거나 더 심도 있는 대답을 해야 한다. 이것은 논술 시험 스터디그룹에서 하는 토론이나 자기 주도형 첨삭과 다를 바 없다.

말이든 글이든, 제대로 하려면 논리적으로 생각해야 한다. 생각이 합리적이라야 말도 글도 논리적으로 할 수 있다. 비뚤어진 생각을 곧게 표현할 수는 없다. 합리적이고 논리적으로 생각하면서, 말하는 것처럼 자연스럽게 생각을 문자로 옮기면 저절로 좋은 글이 된다. 글보다 말이 먼저고, 말에 앞서 생각이 있다. 글쓰기를 잘하고 싶다면 생각의 힘을 길러야 한다.

마치며

생각은 힘이 세다

책을 쓰면서 논술 시험 수험생들을 생각했다. 각자가 지닌 생각의 힘을 최대한 발휘하도록 돕고 싶었다. 머지않아 논술 시험을 보아야 하는 고등학교 3학년 학생, 취업과 사회 진출을 준비하는 청년들에게 참고가 되기를 바란다. 하지만 초등학생이나 중학생에게는 굳이 권하고 싶지 않다. 어린 학생들은 정신적·지적 기초 체력을 기르는 데 적합한 교양서적을 읽는 것이 바람직하다고 생각한다.

이 책은 논술 시험 훈련법을 담은 자습서다. 하지만 '토론을 통한 자기 주도형 첨삭'만큼은 논술 시험의 기술인 것처럼 대하지 말았으면 좋겠다. 논리적 글쓰기는 자기 자신의 생각을 들여다보고 표현하는 작업이다. 토론은 타인을 거울삼아 자신의 내면을 비추어 보는 일이다. 글을 쓰고 토론을 함으로써 우리는 타인과 소통하고 자기 자신을 객관적으로 인식할 수 있다.

독서와 토론과 글쓰기의 결합은 가장 효과적이고 보편적인 학습법이다. 나는 우리나라 대학 교육뿐만 아니라 초·중등 교육도 모두 이렇게 바꾸어야 한다고 생각한다. 그러나 교육 제도를 바꾸고 교육 과정을 혁신하는 것은 쉽지 않은 일이다. 우선 성사 여부가 불확실하다. 혁신에 성공한다고 해도 시간이 얼마나 걸릴지 알 수 없다. 혁신이 이루어지기 전에는 혁신을 추구하는 사람도 현실의 교육 제도 아래에서 살아야 한다.

교육 제도를 개선하려는 노력은 멈추지 말아야 한다. 그러나 그런 노력과 함께 국가의 교육 제도와 상관없이 시민들 스스로 실행할 수 있는 학습법을 찾아야 한다. '토론을 통한 자기 주도형 첨삭'은 논술 시험 준비뿐만 아니라 학습이 이루어지는 모든 공간에서 일상적으로 쓸 수 있는 학습법이라고 생각한다.

'펜은 칼보다 강하다'는 말이 있다. 현실에서는 펜이 아니라 칼이 강한 것처럼 보인다. 그러나 칼의 힘은 글과 책의 힘만큼 오래 지속되지 않는다. 펜보다 칼이 강해 보일 때가 많지만 길게 보면 펜이 칼보다 강한 것이다. 그런데 이 말은 글의 힘에 대한 찬양이 아니다. 글로 표현한 생각의 힘을 우러러보는 말이다. 말과 글의 힘은 모두 생각에서 나온다. 생각은 힘이 세다!